JN074964

世界でいちばん素敵な

源氏物語の教室

The World's Most Wonderful Classroom of "The Tale of Genji"

「源氏物語画帖」
「玉鬘」（土佐光起筆）

はじめに

本当は、みなさんに原文で『源氏物語』を味わっていただきたいのですが、古典離れが浸透している昨今、そんなことは望めそうもありません。

せめて現代語訳でもいいので全巻読破してほしいと願っています。ただ『源氏物語』はあまりにも文量が多いので、現代語訳でさえ読み通すことは困難かもしれませんね。

そこでもっと簡単に『源氏物語』の内容や登場人物などの情報を知ってもらいたいと思い、読みやすいガイドブック（入門書）を作成してみました。本書の〝押し〟は問いと答えの形式をとっていることです。みなさんが疑問に思われるようなことをあらかじめ問いとして設定し、それにわかりやすく答えることを通して、物語の重要なポイントを知ることができる仕掛けになっています。

京都御所建礼門（京都市上京区）

本書を読み終える頃には、『源氏物語』のことが一通り理解できているに違いありません。

本書のもうひとつの〝押し〟は、手に取ってご覧になればすぐわかると思いますが、美しい画像が豊富にちりばめられていることです。絵を見て楽しみながら、『源氏物語』に関することが知らず知らずのうちに学べるのです。

こんな便利なこんな重宝な本は他にありません。さあ本書を読んで、『源氏物語』についての基礎知識を習得してください。そして次のステップに進んでくださいね。

同志社女子大学　吉海直人

Contents
目次

円山公園のしだれ桜（京都市東山区）

『源氏物語』を読む前に知っておきたい 登場人物の系譜

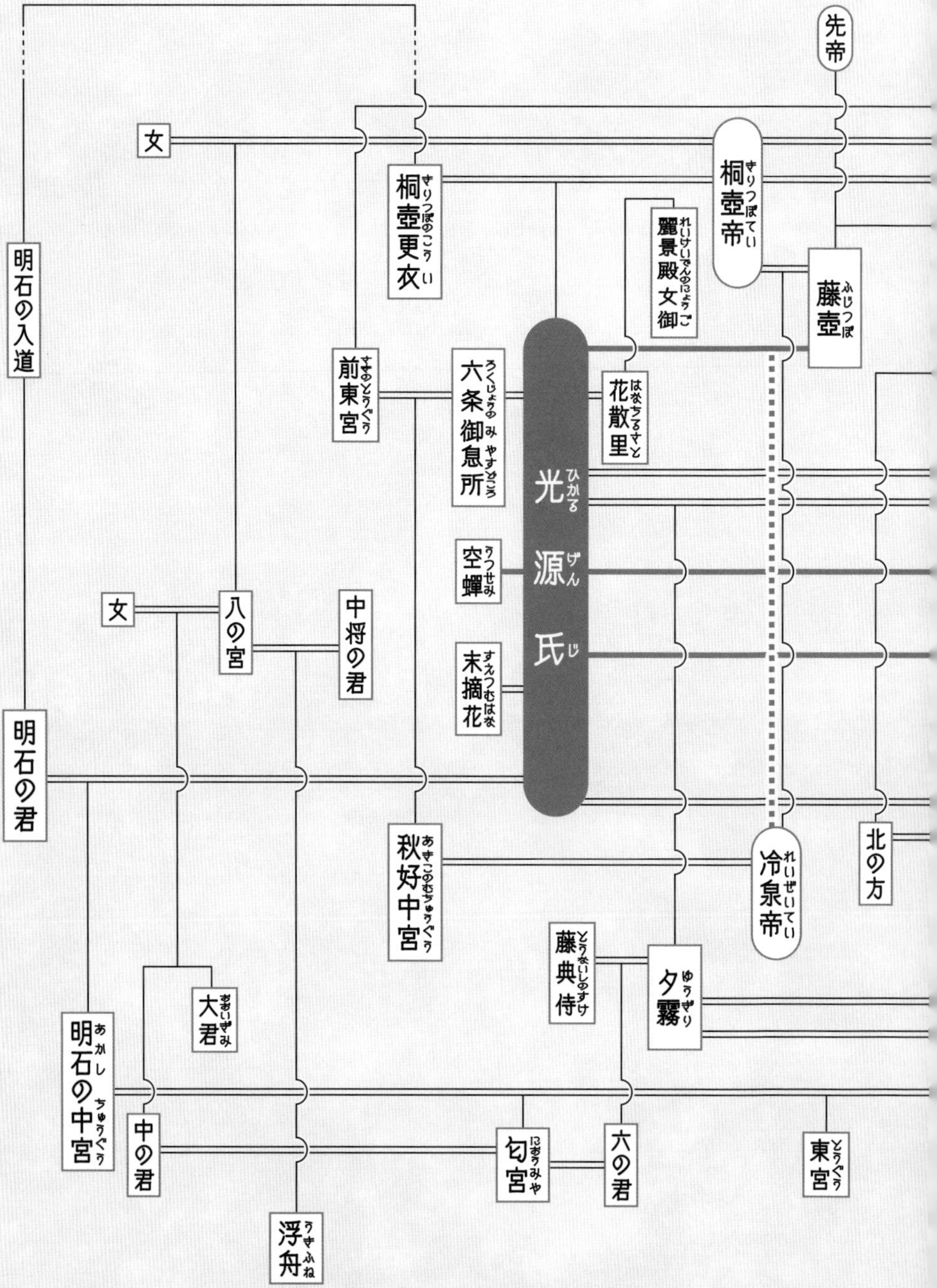

先帝
女
桐壺更衣（きりつぼのこうい）
桐壺帝（きりつぼてい）
麗景殿女御（れいけいでんのにょうご）
藤壺（ふじつぼ）
明石の入道
前東宮（さきのとうぐう）
六条御息所（ろくじょうのみやすどころ）
花散里（はなちるさと）
光源氏（ひかるげんじ）
空蝉（うつせみ）
女
八の宮
中将の君
末摘花（すえつむはな）
明石の君
秋好中宮（あきこのむちゅうぐう）
冷泉帝（れいぜいてい）
北の方
藤典侍（とうないしのすけ）
夕霧（ゆうぎり）
大君（おおいぎみ）
明石の中宮（あかしのちゅうぐう）
中の君
匂宮（におうみや）
六の君
東宮（とうぐう）
浮舟（うきふね）

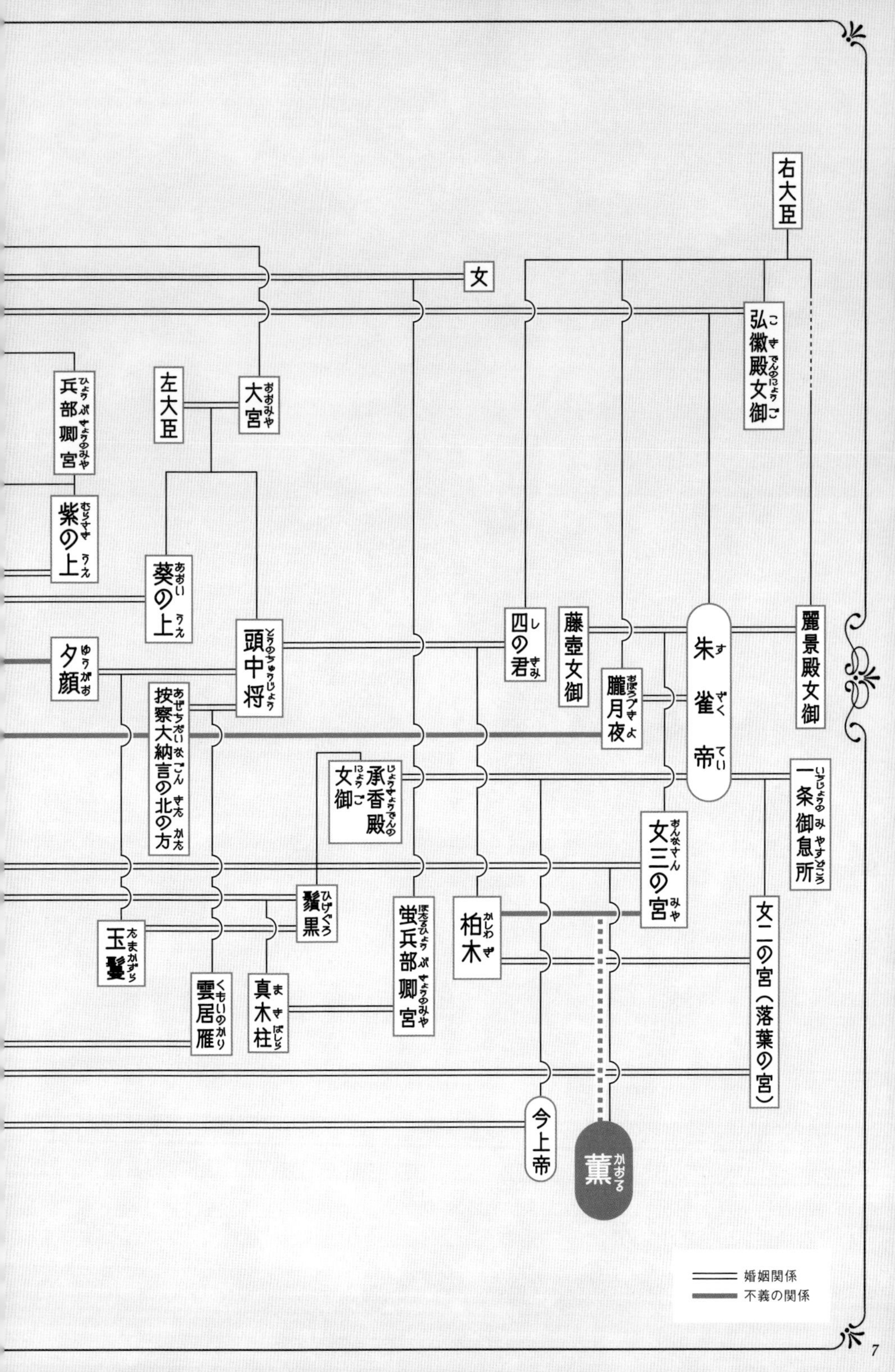
右大臣
女
弘徽殿女御
兵部卿宮
左大臣
大宮
紫の上
葵の上
四の君
藤壺女御
朱雀帝
麗景殿女御
夕顔
頭中将
朧月夜
按察大納言の北の方
承香殿女御
一条御息所
女三の宮
鬚黒
蛍兵部卿宮
柏木
女二の宮（落葉の宮）
玉鬘
雲居雁
真木柱
今上帝
薫
婚姻関係
不義の関係

Q『源氏物語』は、いつの時代の話なの？

『源氏物語絵巻』
「竹河二」

春3月の玉鬘邸の賑わい。華やかな女性たちの姿と、それを覗き見る男性貴族（蔵人少将）。画面左では桜を賭け物にして囲碁を打つ女性たちが描かれています。
（五島美術館所蔵／アフロ）

A 平安時代後期です。

『源氏物語』の成立は1015年頃。貴族による摂関政治が展開される架空の宮廷世界を舞台としています。

世界最古の長編小説が、日本で書かれました。

11世紀のはじめ、ある貴族の女性によって世界的名著となる物語が創作されました。
その物語の名は『源氏物語』。
1000年の長い時を超えて読み伝えられる物語は、今なお人々の心を捕らえて離しません。

Q1 『源氏物語』をひと言でいうと、どんな話？

A 平安時代の宮廷を舞台にした恋愛小説です。

宮廷を舞台にした王朝ロマンス小説で、光源氏と女性たちの華麗な恋愛模様を中心に、その栄光と挫折が描かれます。愛と無常に彩られ、和歌を用いた和文体で記され、情緒豊かな作品でもあります。

Q2 『源氏物語』の長さって、どれくらい？

A 全部で54帖あり、原稿用紙で2400枚程度です。

54帖にはそれぞれ巻名がつけられています。大まかに3部構成に分かれており、第1部は天皇の子として生まれた光源氏が多くの女性と恋愛しながら栄華を極める前半生、第2部は光源氏の世界が少しずつ崩壊し、親しい人の裏切りや苦悩の果てに無常を感じて出家を果たす後半生が記されます。そして第3部は、光源氏亡き後に繰り広げられる、次世代の薫や匂宮の恋愛模様と悲劇が記されています。

『源氏物語』54帖の全体構成

第一部

桐壺（きりつぼ）、帚木（ははきぎ）、空蝉（うつせみ）、夕顔（ゆうがお）、若紫（わかむらさき）、末摘花（すえつむはな）、紅葉賀（もみじのが）、花宴（はなのえん）、葵（あおい）、賢木（さかき）、花散里（はなちるさと）、須磨（すま）、明石（あかし）、澪標（みおつくし）、蓬生（よもぎう）、関屋（せきや）

帚木三帖（帚木・空蝉・夕顔）

帝の子として誕生した光源氏が、多くの恋を経験しながら、栄華を極めていく物語。

第二部

栄華を極めた光源氏が、最愛の妻を失うなど、絶望的な苦悩に生きる後半生の物語。

若菜上（わかなのじょう）、若菜下（わかなのげ）、柏木（かしわぎ）、横笛（よこぶえ）、鈴虫（すずむし）、夕霧（ゆうぎり）、御法（みのり）、幻（まぼろし）

紫式部邸跡と伝わる京都の蘆山寺「源氏の庭」。

Q3 『源氏物語』を書いたのは誰？

A 紫式部です。

紫式部は本名ではなく女房として仕えていた時に使われていた名前です。越前守など地方長官を務めた藤原為時の娘として生まれ、当時の女性としては珍しい漢文を習得するなど、才女として育ちました。夫の藤原宣孝とは数年で死別し、のちに乞われて藤原道長の娘で、一条天皇の中宮であった彰子の女房となりました。

藤裏葉（ふじのうらば）
梅枝（うめがえ）
真木柱（まきばしら）
藤袴（ふじばかま）
行幸（みゆき）
野分（のわき）
篝火（かがりび）
常夏（とこなつ）
蛍（ほたる）
胡蝶（こちょう）
初音（はつね）
玉鬘（たまかずら）
少女（おとめ）
朝顔（あさがお）
薄雲（うすぐも）
松風（まつかぜ）
絵合（えあわせ）

玉鬘十帖（玉鬘〜真木柱）

光源氏没後の世界で展開される、光源氏の子・薫と宇治の姫君たちとの苦しい恋の物語。

第三部

夢浮橋（ゆめのうきはし）
手習（てならい）
蜻蛉（かげろう）
浮舟（うきふね）
東屋（あずまや）
宿木（やどりぎ）
早蕨（さわらび）
総角（あげまき）
椎本（しいがもと）
橋姫（はしひめ）
竹河（たけかわ）
紅梅（こうばい）
匂兵部卿（におうひょうぶきょう）

宇治十帖（橋姫〜夢浮橋）

Q 紫式部って、どんな立場の人だったの？

『紫式部図』
（土佐光起筆）

『源氏物語』の作者・紫式部の肖像。（石山寺所蔵）

A 皇后に仕えた女房（女官）でした。

紫式部は藤原道長の娘で一条天皇の中宮（皇后）であった彰子に仕えた女房です。彰子に漢文の講義を行なうなど、教育係の役割を任されていました。また、文才を買われて出産の記録係を務めたことが、彼女の日記からわかっています。

『源氏物語』を書いたのは、中宮・彰子の家庭教師でした。

紫式部は『源氏物語』の評判を買われ、
時の権力者・藤原道長によって彰子の女房に採用されました。
彼女は『源氏物語』のほかにも日記や歌集を残しており、
それらは平安時代の宮廷を今に伝えてくれる貴重な資料となっています。

Q1 紫式部が物語を書こうと思ったのはなぜ？

A 夫と死別した寂しさを紛らわすためといわれています。

紫式部は、『源氏物語』を夫の藤原宣孝と死別後に書き始めたとされています。石山寺には、選子内親王の要望を受けた彰子の指示とする説などが伝わりますが、それはあくまでも伝承で、実際には彰子に仕える前から書き始め、それが有名になったため彰子の女房に招かれたようです。

紫式部が物語の着想を練ったという伝説が伝わる石山寺（滋賀県大津市）の「源氏の間」。

Q2 54帖を、一気に書き上げたの？

A 一気ではなかったようです。

夫の死別後の1001年を過ぎて間もなく書き始め、1006年頃の宮中出仕後も書き続けていたようです。『紫式部日記』では、彰子の命を受けて仕上がった草稿を清書して豪華本を制作するくだりがみられます。当時は紙が貴重だったため、宮中に仕えたことで紙も手に入りやすくなり執筆が進んだのかもしれません。物語の節目ごとに段階を追って執筆され、遅くとも1015年頃に完成したとみられています。

『源氏物語』を執筆する紫式部。『石山月』（月岡芳年『月百姿』より「石山月」／国立国会図書館所蔵）

Q3 『源氏物語』以外の、紫式部の著作って？

A 『紫式部日記』と『紫式部集』があります。

前者は中宮・彰子に仕えたのちの宮仕えの日々を後年思い起こしながらつづった日記で、彰子の出産の様子のほか、同僚女房や清少納言の批評などが活写されます。彰子の出産の様子は藤原道長に記録するように命じられていたとされ、かなり詳細に記されています。また、後者は生涯に詠んだ和歌を集成した歌集です。

★COLUMN★

紫式部は道長の愛人だったの？

貴族の系譜を記録した『尊卑文脈』に紫式部は「藤原道長妾」と記されています。妾とは愛人のことです。この系譜の信憑性は低いのですが、『紫式部日記』には道長から「色好みの物語を書くあなたはよく口説かれるでしょう」と手紙を渡されたこと、そのすぐあとに誰とは記されていないものの一晩中戸を叩かれ「開けてくれなかったね」という歌を渡されたことが記されています。それが道長であり、ふたりはこの後に結ばれたのではないかと推測されています。

コラム1

藤原道長を支えた3人の女性たち

藤原道長の栄華を支えていたのは、姉・妻・娘の3人でした。

紫式部が仕えた彰子の父・藤原道長。藤原氏による摂関政治の全盛期を築き、後宮においては『源氏物語』のパトロンともなったといわれる平安時代最大の権力者ですが、その人間関係を俯瞰してみると、周囲の女性たちの引き立てによって出世したことが浮き彫りになります。その女性たちとは、主に実姉の藤原詮子（せんし）、妻の源倫子（りんし）、長女・彰子の3人。
彼女たちがどのようにして道長を支えたのかを見てみましょう。

源雅信（まさのぶ）
源倫子（りんし）
（964～1053年）

藤原道長の正妻・源倫子は、源雅信と藤原穆子の娘として生まれ、永延元年（987年）に道長と結婚。彰子、頼通、妍子、教通、威子、嬉子を出産しました。道長の姉・詮子とも仲が良く、彼女の力添えで叙位を受け、最終的に従一位、准三宮という臣下女性最高の栄誉を受けるに至ります。

また、后母として皇后となった娘たちを補佐し、内裏や後宮に足繁く参内したのも、注目すべき点。一方で、自身の側近の女房たちを入内した娘や皇子たちに配置しており、彼女たちを介して後宮の情報を入手していたと考えられます。特に自身の姪である大納言の君に至っては、彰子付きの女房として仕えさせるなかでいつしか道長の愛人になるのですが、倫子はこの関係を容認しており、姪を利用して、道長の浮気すら防止してしまうのです。こうした影の働きによって夫・藤原道長を支え、その外戚政権を実質的に完成させた女性であるといえるでしょう。

結託
引き立てる
後宮を管理
藤原道長
源高明（みなもとのたかあきら）
明子（めいし）
頼通（よりみち）
教通（のりみち）

藤原兼家

道兼　道綱　超子　道隆

詮子

(962～1002年)

第64代天皇・円融天皇の女御で一条天皇の母。天元元年（978年）に円融天皇に入内してその女御となり、天元3年（980年）に懐仁親王（のちの一条天皇）を出産。一条天皇即位後、皇太后となりました。

4歳年下の弟・道長を溺愛し、兄・道隆と道兼が没すると、甥の伊周の内覧就任に反対。道長を執政担当者として推挙しました。さらにすでに定子を中宮としている一条天皇に、彰子を入内させようと図るなど、道長の権力確立に貢献した女性です。

内覧就任に反対する。

円融天皇

隆家　伊周

彰子

(988～1074年)

藤原道長と妻・倫子の娘として生まれた彰子は、12歳で一条天皇に入内し、長保2年（1000年）、中宮となります。当時、中宮は藤原道隆の娘・定子であり、この定子が皇后となって、ふたりの正妃（天皇の正妻）皇后が並ぶ事態となりました。しかし、定子はその年の12月、出産直後に死去。以後、彰子が一条天皇の唯一の正妃となり、敦成親王（のちの後一条天皇）、敦良親王（のちの後朱雀天皇）を出産しました。道長の権力を、身をもって支える彰子ですが、道長の圧力を受けて一条天皇が三条天皇に譲位した際には、夫と故・定子の皇子への冷遇に憤ったといわれます。また、定子没後、その子・敦康親王を養育するなど、没落した定子の家系にも心を配ったようです。

やがて道長が引退すると、彰子は後継者で実弟の頼通に助言をしながら、摂関政治を支え、87歳の天寿を全うしました。

一条天皇＝定子

Q 光源氏という名が、なぜつけられたの？

A 皇族から臣下になり、源の姓を与えられたためです。

光源氏は宮中に生まれ、父である天皇によって臣下とされ、皇族に与えられる源氏の姓を与えられました。一般的には「源氏の君」と呼ばれましたが、輝くように美しいことから「光源氏」と呼ばれました。

帝にまつわる悲劇から物語は、幕を開けます。

平安朝の昔、桐壺帝には多くの妃がいましたが、なかでも寵愛を一身に集めていたのは、身分は高くないものの大変美しい桐壺更衣でした。桐壺更衣は玉のように美しい皇子（光源氏）を生みましたが、ほかの妃から嫉妬された心労がたたり、早くに病死してしまいます。桐壺帝は桐壺更衣の忘れ形見である光源氏を鍾愛しました。光源氏は大変美しく、漢詩、音楽、絵画などの才能にも秀でて人々を魅了しましたが、有力な後見がないことを心配した父により、7歳の時に臣下の身分が与えられます。

Q1 光源氏が、臣下の身分になったのはなぜ？

A 不吉な予言を受けたためです。

桐壺帝は第二皇子である光源氏を溺愛し、一時は皇太子にしたいとも考えました。しかし、彼には母方の有力な後見がないことに加え、「この子が帝になると世が乱れる」という高麗人の占い師の予言もあって、臣下の身分を与えることにしました。

Q2 天皇がひとりの妃だけを愛してはいけなかったの？

A それはタブーでした。

天皇の妃には、「中宮」「女御」「更衣」と出身身分による序列があり、更衣には大納言以下の娘がなりました。帝にも妃たちの序列を守りながら愛することが求められました。身分の低い桐壺更衣ばかりを寵愛したことは、周りからも中国の楊貴妃の先例のようだと批判されています。右大臣の娘・弘徽殿女御をはじめとするほかのお妃たちは、ないがしろにされたと怒り、桐壺更衣の通り道に汚いものをまくなどの嫌がらせをしました。

楊貴妃は唐の皇帝・玄宗を妖艶な魅力で虜にし、唐が衰退する原因を作ったとされています。（上村松園『楊貴妃』／松柏美術館所蔵）

『源氏物語図屏風』に描かれた宮中の様子。（クリーヴランド美術館所蔵）

Q3 妃たちが住む後宮は男子禁制ではなかったの？

A 貴族は自由に出入りできました。

当時の貴族は後宮に自由に出入りして、女房たちに妃への取次を頼んだり、和歌を交わしたりしていました。女房は顔を隠して応対しましたが、いつしか恋愛関係に発展して逢瀬を交わすこともあったようです。光源氏も、のちに後宮のひとつである弘徽殿に入り込み、弘徽殿女御の妹、朧月夜（おぼろづきよ）と契りを交わしています。

★COLUMN★

後宮制度と妃の序列

日本の後宮の始まりは、ヤマト政権が古墳時代に采女（うねめ）として服属した豪族から人質を供出させたことに始まるといわれますが、定かではありません。その後、次第に豪族や貴族が娘を天皇の妃にして勢力拡大を図る場となっていきました。『源氏物語』の舞台となる平安時代の宮中もそうした延長上にあり、愛情と政治が密接に結びついた世界でした。

また、妃たちには、正妃である「皇后」及び「中宮」以下、「女御」「更衣」と、それぞれ出身によって位がありました。女御は皇族か大臣以上の娘がなり、そのなかから皇后（中宮）が選ばれ、入内すると後宮内に殿舎が与えられます。更衣は大納言以下の女性で、基本的に殿舎は与えられませんでした。

平安の後宮には中宮（皇后）のほかに女御、更衣、御息所といった后たちがいました。

中宮

皇后（正妻）と同資格を持つ后。女御からの昇格。元は皇后の別称であったが、平安時代、皇后が複数立った際に最初に立后した者を中宮と称するようになった。

女御

中宮の次位。皇族や大臣の娘がなる。元は「嬪」と同じだったが、のちに皇后に昇る前の地位となった。

更衣

女御の次位。大納言以下の貴族の娘がなる。もとは天皇の着替えを担当する女官であったが、のちに寝所にも供奉するようになり、妃の待遇となった。

御息所

Q 青年時代の光源氏は どんな女性に惹かれたの？

雨に濡れた竹林の小径

五月雨の夜に行なわれた友人たちとの女性談義から、光源氏は恋の旅路を歩み始めます。（京都市右京区／アフロ）

A 家柄は悪くないものの、零落した女性です。

光源氏は、頭中将ら友人とともに五月雨の夜に行なった恋愛談義において、「中の品の女がよい」という話に興味を持ち、空蟬、夕顔といった、零落した中流貴族の女性を恋の相手と定めたのでした。

若き光源氏には、恋愛コンセプトがありました。

母(桐壺更衣)を早くに亡くした光源氏は、母によく似た継母の藤壺(ふじつぼ)を慕って成長します。そして、左大臣の娘、葵(あおい)の上(うえ)と結婚しました。彼にとっては良縁でしたが、気位の高い妻とはなかなか打ち解けず、足は遠のきます。そんな折、友人たちと恋愛談義を楽しんだ「雨夜の品定め」で興味をもった零落した中流貴族の女性たちに惹かれ、空蟬(うつせみ)、夕顔(ゆうがお)との恋愛にいそしみました。

Q1 光源氏の初恋の相手はどんな人?

A 継母の藤壺という女性です。

藤壺は、前の帝の皇女に当たる女性で、桐壺更衣とよく似た美貌の持ち主でした。桐壺更衣の死後、帝のたっての希望で14歳の時に、妃となります。桐壺帝は藤壺と光源氏を実の母子のように愛しました。光源氏も母親似の5歳年上の彼女を慕い、いつしか理想の女性として強い恋心を抱くようになります。

西院春日神社の藤。同社の藤は、藤壺の名の由来となった飛香舎の藤を賜ったものといわれます。

Q2 光源氏はいつ結婚したの?

A 12歳の時です。

相手は左大臣の娘・葵の上です。4つ年上の女性で、母は桐壺帝の姉妹のため、光源氏とはいとこ同士になります。光源氏は右大臣と弘徽殿女御に警戒される存在でしたが、右大臣に対抗する力を持つ左大臣の娘と結婚したことで、有力な後ろ盾を得ました。しかし、右大臣一派からはますます警戒されることになります。

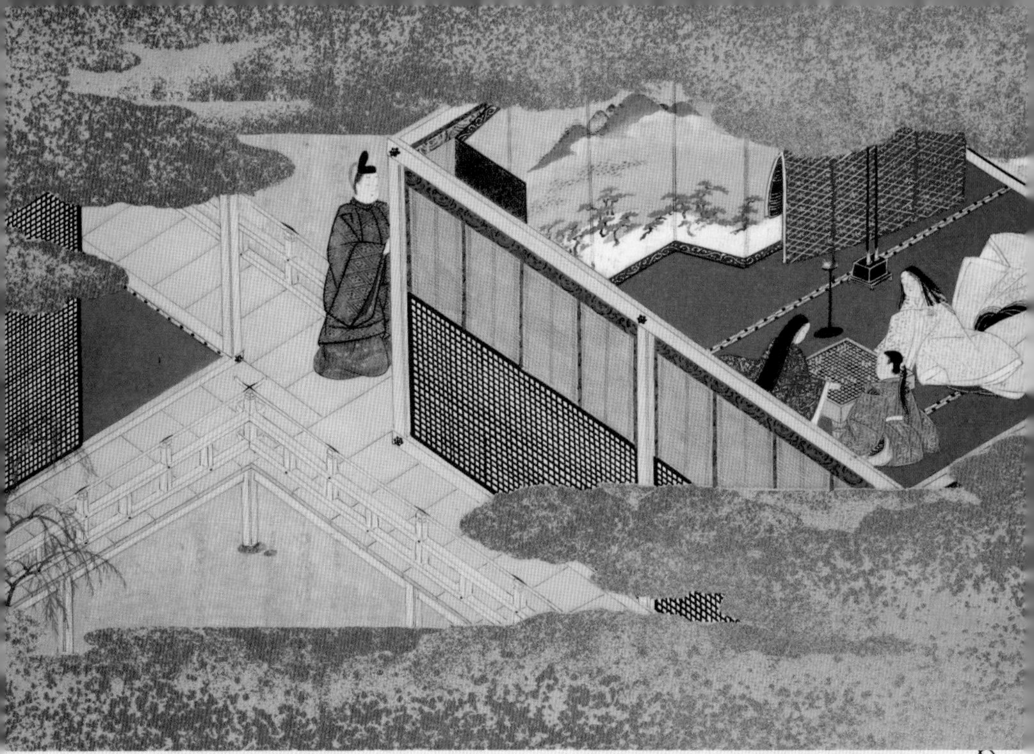

空蟬とその継子である軒端荻が囲碁を打つ姿を光源氏が覗き見ています。この後、光源氏の気配に気付いた空蟬は衣を残して姿を消します。（住吉如慶『源氏物語画帖』「第三帖空蟬」／個人蔵）

Q3 空蟬や夕顔との恋は成就したの？

A うまくいきませんでした。

紀伊守の妻・空蟬とは強引に契りましたが、光源氏との身分差を痛感した彼女は、次からは衣を残して逃げるなどして拒否しました。空蟬に逃げられた光源氏は取り残された彼女の継子である軒端荻（のきばのおぎ）と関係を持ちます。夕顔とは、彼女が「心あてにそれかとぞ見る白露の光そへたる夕顔の花（あて推量にそれではないかと拝見しております。白露の光が添えられた夕顔の花を）」と、和歌を走り書きした扇を寄こしたことで知り合い、彼女の奥ゆかしさに惹かれますが、のちに廃院での逢瀬の折、光源氏の目の前で物の怪に取りつかれて死んでしまいました。

★COLUMN★

五月雨の品定め

五月雨の夜、光源氏、友人て葵の上の兄弟の頭中将、左馬頭、藤式部丞が、それぞれの体験談をもとに恋愛談義を楽しみます。女性を上中下のランクに分け、妻にふさわしい女性は容姿や家柄でなく一途で落ち着いた女性がいいと論じ、さらに嫉妬深い女、内気な女、浮気っぽい女などの体験談を話し合いました。聞き役に徹していた光源氏は、身分がありながら零落してわびしい住まいに住む女性に、魅力的な人が多いと聞き、興味を持ったのてした。

**『源氏五十四帖　五
「若紫」』（月耕）**

北山の某寺において、スズメが飛んでゆくほうを眺める少女・若紫を垣間見て、その愛らしさに光源氏が衝撃を受ける場面が描かれています。
（国立国会図書館所蔵）

Q 光源氏が最も愛した女性って誰？

北山の春

友禅菊の咲く春の日の北山。春の花が咲き乱れるなか、光源氏は生涯にわたる最愛の人との出会いを果たします。

ある女性と出会い、光源氏の運命が動き出します。

空蟬や夕顔との恋を経た光源氏は、18歳になったある日、運命の女性との出会いの日を迎えます。療養に訪れた北山で可憐な少女・若紫（わかむらさき）を垣間見て、一目惚れし、略奪するように自邸の二条院へと引き取りました。この若紫がのちに光源氏の妻となる紫の上です。その一方で藤壺を忘れられない光源氏はある大胆な行動に出ます。

Q1 光源氏が幼い若紫に惹かれたのはなぜ？

A 藤壺によく似ていたからです。

若紫は藤壺の姪に当たり、その面影を持つ美少女でした。光源氏は彼女を理想の女性に育てたいと考え、彼女の祖母に、養女にしたいと申し出るも断られてしまいます。しかし、その祖母が亡くなり、父親に引き取られると聞いた光源氏は若紫を盗むように二条院に引き取り、手習いや人形遊びなどをして親しくなっていきます。

紫のゆかり系図

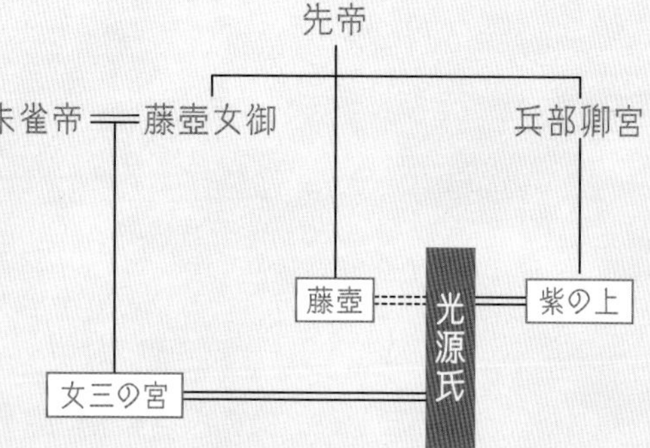

光源氏の恋の物語は、実は藤壺の縁者を軸に展開されています。光源氏の生涯に重要な影響を及ぼす3人の女性（藤壺、紫の上、女三の宮）は、「紫のゆかり」と呼ばれます。

Q2 光源氏の初恋、藤壺との恋は成就したの？

A 一度だけ思いを遂げました。

光源氏は体調を崩して実家に戻っていた藤壺の寝所に忍び込み、強引に関係を結びました。その後も光源氏は藤壺に迫ろうとしますが、罪深さに悩む藤壺に距離を置かれてしまいます。その後も、光源氏は「物思ふに立ち舞ふべくもあらぬ身の袖うちふりし心しりきや」と詠み、あなたのために舞で袖を振りましたと思いを訴え続けました。ちなみに、この逢瀬は2度目で、実は1度目の逢瀬が記された巻は失われているという説もあります。

物語では、官能的な逢瀬の描写はあるの？

A 直接的な描写はありません。

和歌や会話で逢瀬を暗示させる巧みさが『源氏物語』の特徴です。藤壺との逢瀬も、光源氏は彼女に欠点がないことを嘆き、このまま夢のなかに入りたいという和歌を残し、藤壺は「世がたりに人や伝へんたぐひなくうき身を醒めぬ夢になしても」と、夢のなかでも世間の語り草になってしまうと懊悩する和歌を詠んでいます。

4Q 藤壺は、その後どうしたの？

A 光源氏の子を懐妊しました。

光源氏は、自身が帝の父になる夢を見て藤壺懐妊の真実を知ります。生まれた子は光源氏によく似た美しい子だったため、藤壺は密通が露見するのではないかと恐れおののきます。何も知らない桐壺帝は皇子の誕生を喜び、藤壺を中宮に昇進させました。

逢瀬ののち、藤壺に避けられていた光源氏は、藤壺を思いながら「青海波」を頭中将とともに舞い、絶賛を浴びました。（土佐光信『源氏物語画帖』「紅葉賀」／ハーバード美術館群所蔵）

Q 光源氏に政敵はいなかったの？

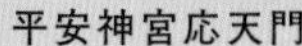

平安神宮応天門

政務の場となっていた朝堂院の正門が応天門。平安神宮の応天門は、平安京の応天門を縮小して再現したものです。（京都市左京区）

A 失脚を望む右大臣とその娘の弘徽殿女御がいました。

弘徽殿女御は、桐壺帝の第一皇子を生んだ女性です。桐壺帝が光源氏を溺愛するので、自分の生んだ皇子を差し置いて天皇にするのではないかと恐れていました。光源氏が臣下に下ったのちも政治家として昇進を続けたため、その勢力を敵視していました。

老女に醜女（しこめ）……、光源氏のバラエティ豊かな恋。

光源氏は若紫や藤壺との愛を深める一方で、荒廃した屋敷に心細く住んでいる末摘花（すえつむはな）という女性に興味を抱いて関係しましたが、この恋は期待外れに終わります。藤壺との恋は、不義の子とは知らず皇子の誕生を喜ぶ桐壺帝を前に罪深さに震えるものの思いきれません。その面影を求めて宮中をさまようなか、ある女性と親しくなり契りを交わします。それは政敵の右大臣の娘で、皇太子に嫁ぐ予定の朧月夜（おぼろづきよ）でした。

Q1 光源氏はどんな仕事をしていたの？

A 政治にかかわる仕事をしています。

臣下として政権を担うひとりとなり、19歳の若さで宰相となっています。また、義理の兄であり親友でもある頭中将も光源氏の昇進に合わせて昇進し、その呼び名が変わっていきます。

平安貴族の政務の場が大内裏の政庁である朝堂院。その正殿である大極殿を模して設計されたのが、平安神宮の外拝殿です。

光源氏にNGな女性はいなかったの？

A なんでもありでした。

光源氏の女性の対象は幅広く、人妻はもちろん、50代後半という当時としてはかなり老女の色好みの女官・源典侍（げんのないしのすけ）に言い寄られて関係を持っています。また、容貌が醜い末摘花と逢瀬ののちにその生活を支え、朧月夜のように政敵の娘と知っても関係を続けています。ただし、出家した女性だけは例外だったようです。

3Q 光源氏は女性の情報をどうやって手に入れたの？

A 主に噂です。

当時の高貴な女性は人前には姿を見せません。そのため、「あの姫が美しい」といった女房同士の噂が情報源になりました。貴公子たちはその噂から妄想して女性に恋をし、手紙のやり取りを始めたため、時には失敗することがありました。その例として知られるのが不美人の末摘花です。

逢瀬の翌朝、光源氏が雪のなかで末摘花の姿を見て衝撃を受け呆然とする場面です。（土佐光信『源氏物語画帖』「末摘花」／ハーバード美術館群所蔵）

4Q 末摘花とはどんな女性だったの？

A 容貌が醜い女性でした。

常陸宮（ひたちのみや）の娘という高貴な身でしたが、両親を亡くし、落ちぶれていました。光源氏は彼女に深窓の姫君の面影を重ね、頭中将と張り合いながら1年越しで思いを遂げますが、驚くほど内気で無愛想、和歌も満足に詠めない女性でした。さらに光源氏はその容貌を見て落胆します。長い顔に額が広く、鼻は先のほうが垂れて赤くなった醜女だったのです。当時の美人の条件は切れ長の細長い目、くの字のようなかぎ鼻、ふっくらした頬に長い黒髪。彼女は唯一、美しく長い黒髪が取り柄でした。

★COLUMN★

和歌によって心理を描写する『源氏物語』

『源氏物語』は800首近くの和歌が盛り込まれた物語です。和歌によって、登場人物の心情を表現したり、暗示したりするなど、奥深い心理を表現しています。和歌は贈答や恋文など貴族の生活のなかで用いられる重要なコミュニケーションツールでした。光源氏が和歌を詠めない末摘花に落胆したのもそのためです。和歌は女子にとっても重要な教養だったのです。

『源氏物語絵詞』

六条御息所が葵の上に対する恨みを募らせることとなった所争いの場面。画面中央上にて従者同士が争っています。
(個人蔵/アフロ)

Q
光源氏と葵の上の関係はどうなったの？

A
葵の上の死によって結婚生活が終わります。

葵の上の死は、生霊に取り憑かれたことが原因でした。そのきっかけとなったのが、賀茂の新斎院御禊の日に起こった牛車の場所取り（所争い）。光源氏をひと目見ようと繰り出した愛人のひとり六条御息所の牛車と、葵の上の牛車が場所取りを巡って争いになり、屈辱を受けた六条御息所が憎しみを募らせたのです。

光源氏の愛人が嫉妬から生霊となり、正妻の葵の上に取り憑きました。

藤壺や朧月夜など、禁断の恋にのめりこむ光源氏ですが、一方で正妻の葵の上とは彼女が懐妊したことをきっかけに心が通い合います。しかし、賀茂の新斎院御禊（しんさいいんごけい）の日、その行列に参加する光源氏の姿をひと目見ようと、牛車を仕立ててやってきた葵の上と、光源氏の愛人で元東宮妃の六条御息所一行が牛車の場所取りを巡って争う「車の所争い」が起こります。車を押しやられ屈辱を感じた六条御息所は葵の上に激しく嫉妬し、生霊となって葵の上に取り憑いたのです。

Q1 葵の上のお腹の子は無事だったの？

A 夕霧（ゆうぎり）という男の子が無事生まれました。

結婚9年目にして妊娠した葵の上。それを機に光源氏と心が通い合うようになりました。葵の上は六条御息所の生霊に取り憑かれながらも、無事男児を出産しましたが、力尽きてしまいます。男児は夕霧と名付けられ、葵の上の実家である左大臣邸で養育されることとなりました。

狩野派の絵師によって描かれた葵の上の葬儀の様子。（狩野派『源氏物語図屏風』／メトロポリタン美術館所蔵）

Q2 正妻を失った光源氏は、どうやって寂しさを紛らわせたの？

A 新しい妻を迎えました。

心が通い合えたと思った妻を亡くした光源氏は悲嘆に暮れます。妻の四十九日を終えて自宅に戻った彼を迎えたのは14歳になった若紫でした。少し見ない間に美しく成長し、しかも藤壺に面差しが似ていた若紫に、光源氏は心を慰められます。そして、若紫と結婚したのです。以後、若紫は紫の上と呼ばれるようになります。

Q3 紫の上は、この結婚を喜んだの？

A 初めはショックで泣いていました。

物語ではある夜、ふたりが突然結ばれたことが暗示されます。翌朝、紫の上は1日中引きこもって泣き、歌も返さず返事もしませんでした。父や兄の代わりとして慕っていた光源氏からの強引で唐突な求愛に、心の準備ができていなかったのです。さらに女性の成人儀礼である裳着（もぎ）を行なわずに強行された結婚でした。光源氏はあわてて裳着や結婚の儀式を整えて周りに披露したものの、この順序をはき違えた結婚が、彼女を生涯にわたり苦しめることとなります。

京都御所清涼殿の昼御座。御帳台は支柱を立てて布を垂らした貴族の寝所です。
清涼殿では天皇の昼の玉座として用いられました。

★COLUMN★

裳着と元服（げんぷく）

紫の上が結婚後に急遽行なった裳着は、成人女性の正装である裳を身に着ける平安女子の成人儀礼です。12 歳から 15 歳の間に行なわれ、結婚が決まった際に急遽行なわれることもありました。一方、男子の成人の儀式が元服です。年齢は決まっておらず、11 歳から 20 歳の間に行なわれました。対象者は髪を髻（もとどり）として、冠を被ります。冠を被せる役は成人とつながりの深い人物が務め、生涯にわたり烏帽子（えぼし）親として深い関係にあり続けました。

Q その後、六条御息所はどうなったの？

『源氏物語　第十帖
賢木』（住吉如慶）

葵の上の没後、伊勢へ下ろうと決意した六条御息所のもとを訪れた光源氏は、御簾の下から榊を差し入れて榊の葉のように気持ちが変わらないことを告げます。（個人蔵／アフロ）

A 斎宮（さいくう）となった娘とともに伊勢に下りました。

斎宮とは伊勢神宮に奉仕する女性のことで、内親王・女王のなかから選ばれました。野宮で潔斎後、行列と共に現在の三重県にある斎宮寮へ向かい、同地で天照大神（あまてらすおおみかみ）に奉仕する日々を送りました。

危険な恋にのめり込んだ光源氏に、破滅の時が迫ります。

光源氏が紫の上と結婚した一方で、愛人の六条御息所は自身が生霊となっていたことを知り、光源氏との別れを決意します。光源氏は思いとどまるよう説得しますが、彼女は斎宮になった娘について伊勢へと下っていきました。宮中では桐壺帝と弘徽殿女御の子・朱雀帝(すざくてい)の時代となり、藤壺の子(光源氏との間の子)が東宮(とうぐう)(皇太子)となります。間もなく桐壺帝が没すると、右大臣と弘徽殿女御(大后)一派の勢力が拡大。藤壺は出家し、憂鬱な日々を過ごす光源氏は政敵の娘、朧月夜とますます危険な恋にのめり込んでいきました。

1 Q そもそも六条御息所って、どんな女性?

A 一時は光源氏の後妻候補と噂された女性です。

光源氏の7つ年上の女性で、前東宮妃でした。光源氏が18歳の頃からの付き合いで、光源氏を激しく愛し、それゆえ異常な嫉妬を生み出して生霊となりました。「のんびり気を許して話し合うことができなかった」と光源氏は述べていますが、彼女との仲は世間にもよく知られ、葵の上の亡き後は後妻の候補にも名が挙げられていました。なお、彼女の生霊(のちに死霊)はこの後、光源氏を生涯にわたって苦しめ続けることとなります。

★COLUMN★

斎宮群行(さいくうぐんこう)

斎宮は伊勢へと下る前に、宮中の初斎院、続いて京都の郊外の神社に入り、身を清めます。翌年9月には都を旅立ちます。それに先立ち宮中で天皇との別れの儀式を行ない、天皇が別れの櫛をさしました。斎宮は輿に乗り、500人の大行列で近江国の勢多(せた)、甲賀、伊勢国の鈴鹿などに設けられた仮設の宮に宿泊し、禊を行ないながら伊勢へと入りました。

群行に随行した貴族の日記をもとに描かれた『斎王群行絵巻』。(斎宮歴史博物館所蔵)

斎宮に選ばれた女性が潔斎を行なう宮跡のひとつとされる嵯峨野の野宮神社。

Q2 藤壺はどうして出家したの？

A 光源氏の求愛から逃れ、我が子を守るためです。

藤壺は、自分の子の後見として光源氏を頼りにしていましたが、光源氏はそんなことにお構いなく藤壺に恋心を訴えてきます。自分の子が光源氏との間の子であることが世間にばれるのを恐れた藤壺は、彼を傷つけずに男女関係を断つために出家し、息子の将来を守ろうとしました。藤壺の出家を知った光源氏は大きな衝撃を受けます。

Q3 朧月夜との関係はずっと続いていたの？

A 密会がばれてしまいました。

里下がりした朧月夜の寝所に忍び込んでいた光源氏は、彼女の父である右大臣に見つかってしまいました。朧月夜は朱雀帝に入内する予定だったため、右大臣一派は光源氏を憎みます。弘徽殿大后（こきでんのおおぎさき）は、これを利用して光源氏を失脚させようと、光源氏に謀反の疑いがあると言い立てます。さらに流罪にされるとも噂され、光源氏は窮地に立たされました。

朧月夜と光源氏の出会いの場面。ふたりの出会いは、藤壺の出産後、宮中で開かれた花の宴の夜のこと。藤壺の面影を求めて後宮を彷徨う光源氏の前に「朧月夜に似るものぞなき」と口ずさみながら通りかかったのが、彼女でした。（月耕『源氏五十四帖　八「花宴」』／国立国会図書館所蔵）

Q 追い詰められた光源氏はどうしたの？

須磨海岸の夕日

光源氏が隠棲した須磨は、貴人の隠遁地として知られていました。（神戸市須磨区）

A 政治の舞台から身を引き、隠棲してしまいました。

流罪の決定が迫るなか、光源氏は自分が後見する皇太子に影響が及ぶことを恐れ、自ら須磨に退去することにしました。

光源氏は都を離れ、須磨で蟄居することにします。

朧月夜との密会が明るみに出て政治的に追い詰められた光源氏は、都を退いて須磨(現在の兵庫県神戸市)に退去して謹慎します。当時の須磨は辺境の地で、紫の上を連れて行けるような場所ではありませんでした。そこで彼女を都に残し、わずかな従者だけを連れて淀川を下って須磨へと入り、須磨の浜辺を入った寂しい山のなかに落ち着きました。

Q1 須磨へ行った光源氏はどんな暮らしをしていたの?

A 読経と写生の日々を送りました。

須磨へ下った光源氏は、出家者のような暮らしに入ります。都のことを懐かしく思い、恋人や知人と手紙をやりとりして心慰めるしかありません。恋人たちからは悲しむ手紙が送られてきましたが、知人たちは頭中将が訪ねてきたくらいで、右大臣に遠慮して光源氏に手紙すらよこさなくなりました。

「源氏物語」の主人公・光源氏の住居跡と伝えられる現光寺の月見の松(神戸市須磨区)。

光源氏の隠遁先が、須磨だったのはなぜ？

A **貴人の蟄居先だったからです。**

実在の人物である在原行平も須磨に蟄居し、「わくらばに問ふ人あらば　須磨の浦に藻塩たれつつわぶとこたへよ（私のことを訪ねる人があれば須磨の浦で涙を流していると伝えてほしい）」と詠んでいます。光源氏はその住居跡の近くに居を構えていたようです。ほかにも須磨の特産物である塩に不運を払うことを期待したなどともいわれます。

須磨にて隠遁生活を送る光源氏。（月耕『源氏五十四帖　十二「須磨」』／国立国会図書館所蔵）

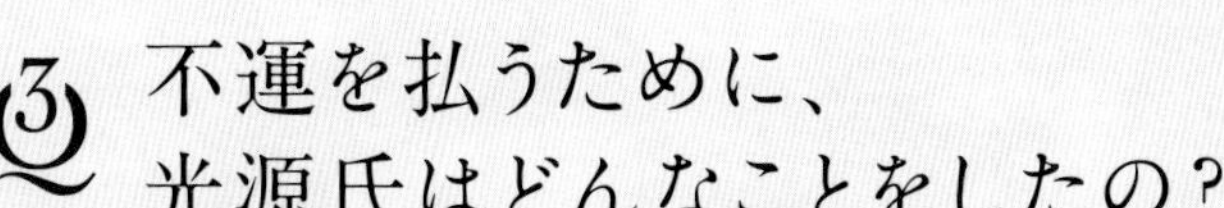

不運を払うために、光源氏はどんなことをしたの？

A **「上巳（じょうし）の祓（はらえ）」というお祓いをしました。**

上巳の祓は、穢れを払う儀式です。蟄居から1年を経た3月上旬の巳の日、光源氏は水辺で禊をしてその年の邪気を取り払うこの儀式を行ないました。平安時代の宮中では、人形（かたしろ）に災いや穢れを移して海や川に流す習慣があり、この儀式が流し雛へと発展しました。

★COLUMN★

貴種流離譚（きしゅりゅうりたん）

高貴な人、つまり貴種の生まれの人が青年時代に流浪してつらい日々の果てに、試練を克服して高い地位に返り咲く、栄光をつかむという物語の類型が、貴種流離譚です。成長するために試練を乗り越える成長儀礼といえる側面もあります。かぐや姫の物語、『伊勢物語』の在原業平の東下りなどさまざまな物語に用いられてきた類型で、光源氏もこのつらい謹慎生活を経て栄華をつかむのです。

コラム2

平安京の怪異

平安の都には人々を震撼させた鬼や妖怪が跋扈していました。

平安時代、落雷や飢饉などの天災は、政争に敗れて無念の死を遂げた人間の怨霊が引き起こすものとされ、怨霊を祀ることで禍から逃れようとしていました。また、病は物の怪が取り憑いたせいで起こるとされていました。それほど迷信深い時代にあって、当然、平安京でも物の怪の類が各地に出没し、鬼や天狗、生霊、怨霊などさまざまな怪異の噂が伝えられていました。

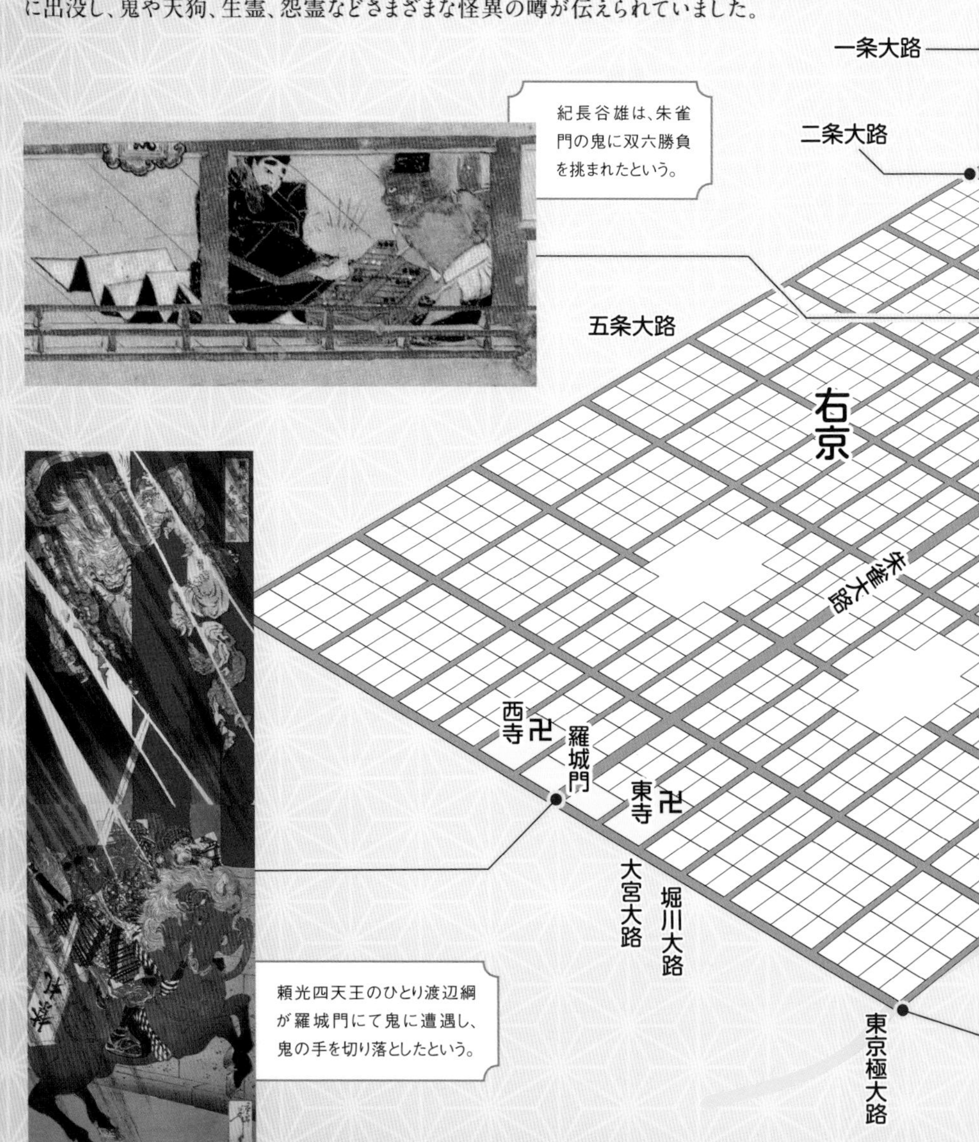

紀長谷雄は、朱雀門の鬼に双六勝負を挑まれたという。

頼光四天王のひとり渡辺綱が羅城門にて鬼に遭遇し、鬼の手を切り落としたという。

光孝天皇の時代、中秋の明月の夜に武徳殿の前を通りかかった3人の女房のうち、ひとりが松の木陰に連れ込まれ、鬼に食われてしまったという。

蓮台野を訪れた源頼光は、土蜘蛛の襲撃を受け、これを撃退したという。

西京極大路

大内裏

神泉苑

大学

左京

鴨川

河原院

近衛天皇の時代、里内裏に鵺が現われて天皇を悩ませた。妖怪退治の命を受けた源頼政がこれを射落としたという。

文徳天皇の母（実際には后）であり、藤原良房太政大臣（関白）の娘にあたる藤原明子にある聖人が懸想した。天皇の怒りを買って獄につながれたところ、鬼となって后を手に入れると誓い、鬼に生まれ変わると后に取り憑き交わったという。

九条大路

百鬼夜行の通り道であったという。

Q 光源氏はそのまま須磨で年老いていったの？

明石海峡の朝

「明石」の地名と呼応するかのように、同地での出会いを機に、光源氏の進む道が明るく開けようとしていました。
（兵庫県明石市）

A いいえ。明石へと移ります。

須磨の関を越えた明石はすでに畿外にあたり、辺境の地でした。光源氏が流離して復活するためには須磨だけでなく、その外の明石に出る必要があったのでしょう。

夢に導かれて向かった明石で、新たな恋が始まります。

光源氏が自ら須磨に下り、謹慎して1年が過ぎた頃、夢に父の桐壺院が現れ、「住吉の神の導きでここを去れ」と告げます。すると明け方、船に乗った明石の入道という人物が現れ、光源氏を明石にお迎えせよという夢告があったと告げました。意外な縁でつながっていた入道の導きで明石へと移った光源氏は、明石の入道の娘・明石の君と結ばれます。やがて都を去ってから2年半、光源氏に復権の機会が巡ってきました。

Q1 明石の入道と光源氏の意外な縁って？

A 実は母・桐壺更衣のいとこでした。

明石の入道は大臣の子で、自身も近衛中将という朝廷の高官でしたが、播磨国の受領（国司）となって居住し、蓄財に励んだ風変わりな人物です。子孫から后と帝が出て自身は往生するという住吉の神の夢を信じて、蓄財したお金で娘にあらゆる教養を身につけさせました。親戚筋に当たる光源氏の須磨退去を聞いて、娘との結婚を算段します。

下鴨神社周辺に広がる糺（ただす）の森。光源氏は須磨退去直前、この森を遠望し、自身の噂のなりゆきを糺の神に委ねたいと歌を詠みました。

光源氏と明石の一族

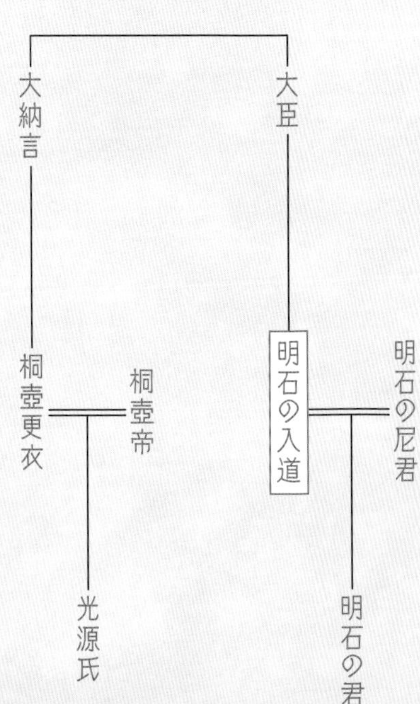

Q2 明石の君は どんな女性なの？

A 奥ゆかしく 教養豊かな女性です。

明石の君は明石の入道が后にしたいと育てただけあって、琴や琵琶の名手で、光源氏を感心させるほど優美な手紙を書く教養豊かな女性でした。明石の入道から婿になってほしいといわれた光源氏は、京都に残した紫の上のことを思いながらも明石の君に惹かれていきます。やがて彼女は懐妊。光源氏は明石の君とお腹の子に心を残しながら都へと帰りました。

岡辺に暮らす明石の君を初めて訪ねる光源氏（土佐光信『源氏物語画帖』「明石」／ハーバード美術館群所蔵）

Q3 光源氏が復活する きっかけとなったのは？

A 今度もまた夢でした。

桐壺院の霊が朱雀帝の夢のなかにも現れ、光源氏を都から追い出したことを叱責します。朱雀帝は震え上がり、目を病んでしまいます。おまけに祖父の右大臣が亡くなり、母の大后は物の怪に取り憑かれ、都では天変地異が続いていました。これらを父帝の怒りだと恐れた朱雀帝は、大后の反対を押し切って光源氏を都に呼び戻したのです。当時、夢はもうひとつの現実世界と考えられており、夢を通じて神仏の意志が伝えられるとみなされていました。

夢のなかで竹林に現れた春日明神の化身である女性が、「この竹林を茂らせたら、子孫も繁栄するだろう」と語る『春日権現験記絵』のワンシーン。夢は貴族にとって行動を左右するものでした。
（高階隆兼『絹本著色春日権現験記絵』／三の丸尚蔵館所蔵）

Q 光源氏が、都に戻れたのはなぜ？

『源氏物語図屏風』

「澪標」における光源氏の住吉参詣が描かれています。復権した光源氏の権勢がうかがわれる作品で、対になる方には「関屋」の場面が描かれます。（静嘉堂文庫美術館所蔵）

A 朱雀帝が退位し、冷泉帝（れいぜいてい）が即位したためです。

帰京した光源氏は復権し、栄華への道を歩み始めます。

光源氏が復権して都に戻り、東宮の冷泉帝が即位しました。帝の後見役である光源氏は、斎宮の務めを終えた娘とともに帰京した六条御息所からその娘を託されると、娘を養女として冷泉帝の妃に入れるなど政治基盤を固めます。一方で明石の君が娘を出産すると喜んだ光源氏は乳母を送り、明石の君に上京を促しており、光源氏の前途には栄華の道が開きつつありました。

Q1 明石の君も光源氏と一緒に京に上ったの？

A 明石に残り、光源氏の子を産みました。

光源氏は、将来この娘が后になるという占いを受け、この娘を后がね（后にするべく育てること）とみなし、政治基盤を盤石にする復権の切り札とします。明石の君は住吉大社に参詣した際、偶然来合わせた光源氏一行の威勢を目の当たりにすると身分差を痛感して退散し、光源氏から促されていた上京にも決心がつきかねていました。

住吉の神を祀る住吉大社。光源氏が参詣に訪れたのは、住吉の神が光源氏を明石へと導いてくれたことへのお礼参りでした。明石の君が帰ってしまったことを知った光源氏は、「みをつくし恋ふるしるしにここまでもめぐり逢ひけるえには深しな」と歌を贈りました。

都に戻った光源氏はどんな待遇を受けたの？

A 内大臣になります。

冷泉帝の後見役である光源氏は大きな権力を手にします。光源氏の義父で引退していた元左大臣も復帰して太政大臣となり、その子の頭中将も権中納言に出世。今まで冷遇されていた光源氏と左大臣一派が栄光の階段を上り始めたのです。

六条御息所の娘と光源氏との関係はどうなったの？

A 恋心を抱きましたが、養女にして冷泉帝の妃にしました。

光源氏は帰京後に再会した六条御息所から、娘の後見になってくれるよう遺言されましたが、その娘にも恋心を抱きます。しかし、六条御息所の「恋心を起こさないように」という戒めを思い出し、諦めて養父に徹しました。そして光源氏とともに冷泉帝の政権を固めたい藤壺の要望もあり、彼女を冷泉帝に入内させました。

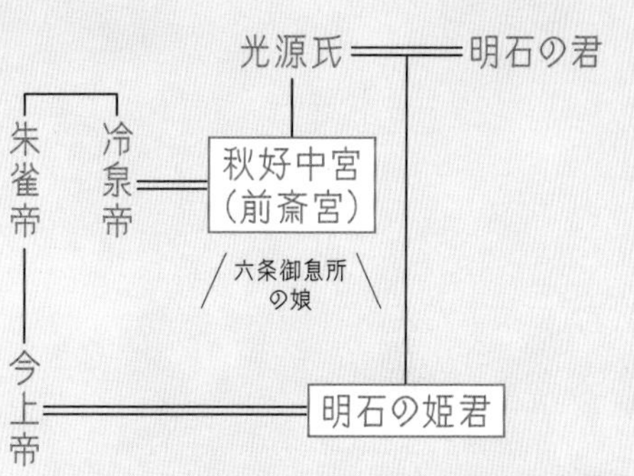

★COLUMN★ 摂関政治―なぜ娘を入内させるのか？

平安時代の政治体制は摂関政治でした。摂関とは、天皇が幼少の時は摂政、長じてからは天皇の補佐役となった関白のことで、主に天皇の外祖父がその座につきました。平安時代はこの摂政・関白が事実上の最高権力者だったため、貴族は娘を妃に入れて次の天皇の外祖父になろうとしました。光源氏の動きはこうした背景に由来します。現実の平安時代では藤原氏がほぼ摂政・関白の職を独占し、天皇の外戚として直接の血縁関係を背景に、朝廷の人事権を一手に握り、一族繁栄の基盤となりました。とくに紫式部が仕えた彰子の父・藤原道長は、3人の娘を太皇太后、皇太后、皇后にして藤原氏の全盛期を築きました。

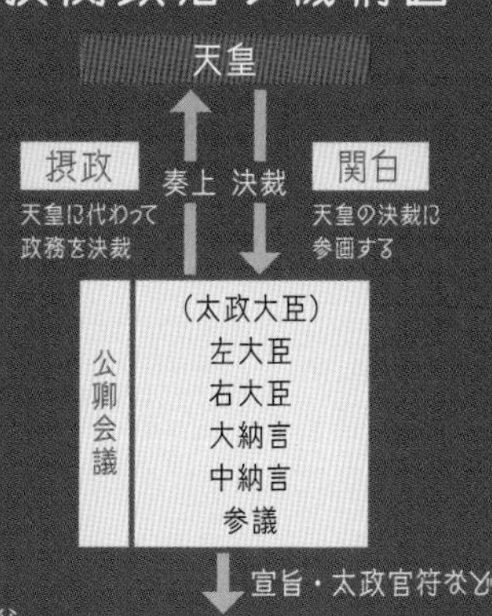

摂関政治のシステム。有力貴族は天皇の外祖父として、人事権を一手に握ることを目指しました。

Q 空蝉や末摘花など、かつて光源氏と結ばれた女性たちは、その後どうなったの？

逢坂（おうさか）の関

光源氏がかつての恋人のひとり空蝉と再会した逢坂の関。当時、逢坂の関所は山城国と近江国の国境に位置する交通の要衝で、多くの人々が行き交っていました。出会いと別れの場としても名高く、歌人・蝉丸の「これやこの 行くも帰るも 別れては 知るも知らぬも 逢坂の関」は有名です。
（滋賀県大津市）

A 光源氏と再会し、再び縁を結んでいます。

かつて愛した女たちと再会し、彼女たちを最後まで大切にしました。

光源氏は京に戻って順調に出世していきます。その傍らで、かつて愛した女性たち、六条御息所、末摘花、空蟬とも再会を果たします。特に思いを残していた空蟬とは石山寺に参詣した帰りの逢坂の関で、夫と一緒のところに偶然出会いました。また、末摘花と再会して彼女の心根を知って感動し、二条東院に引き取るなど、悲喜こもごもの再会劇を繰り広げます。そして、光源氏は窮地を迎える彼女たちを救い、その面倒を見たのでした。

Q1 光源氏が末摘花を引き取ったのはなぜ？

A 純情な心に惹かれたからです。

末摘花は光源氏からの援助が絶えたために困窮し、従者たちも離れていきました。受領の妻となった叔母が彼女を侍女としてこき使おうと、地方への同行を強く促しますが、光源氏を思う彼女は屋敷を離れませんでした。偶然通りかかって屋敷に立ち寄った光源氏は、一途で純情な彼女の心根に感心し、のちに「彼女の世話をするのは自分しかいない」と屋敷に引き取って、面倒を見ました。

Q2 紫式部は、なぜ醜い女性を登場させたの？

A 光源氏が王者であるためです。

色好みの王者は醜い女性も引きつけてこその王者であり、そういった女性たちを大切に扱うのも王者としての貫禄を示すことにつながりました。また、こうした女性は古くから長命の源とされていました。古くは『古事記』にも、長寿の象徴としてイワナガヒメという山の神の娘が登場しています。

生い茂る草を掻き分け末摘花の住居を訪ねる光源氏。（月耕『源氏五十四帖　十五「蓬生」』／国立国会図書館所蔵）

Q3 光源氏のもとから逃げた空蝉のその後を教えて！

A 義理の息子に言い寄られてしまいます。

逢坂の関での偶然の出会いの後、彼女は光源氏の歌に返事をしませんでしたが、のちに手紙のやり取りをする仲になったようです。しかし空蝉は、年の離れた夫の死後、その継子から言い寄られたため、出家し、のちに光源氏が二条東院に迎え入れています。

逢坂の関を通過する光源氏一行と、道を譲る空蝉の一行。空蝉に気づいた光源氏は、空蝉の弟を使者として伝言を伝え、以降、ふたりの交流が復活しました。（『源氏物語図屏風』「関屋」／静嘉堂文庫美術館所蔵）

Q4 光源氏の数多くの恋愛に、紫の上は嫉妬しなかったの？

A もちろん、嫉妬しました。

紫の上が最初に嫉妬を表に出した相手は明石の君で、自分が都で哀しい日々を過ごしている間、ほかの女に情けをかけていたのかと光源氏を恨み、「誰により　世をうみやまに　行きめぐり　絶えぬ涙に　うきしづむ身ぞ」と詠い、思いあった同士がなびく煙に先立って死んでしまいたいと顔をそむけました。ただ、光源氏は、適度な嫉妬も魅力とみなし、紫の上も、貴族女性のたしなみとして、自分が嫉妬していることをあからさまにするのを好みませんでした。

大覚寺大沢池。のちに光源氏が営んだ御堂は、「大覚寺の南にあたりて……」とあり、大沢池を一望できたと思われます。

『源氏物語 第十七帖「絵合」』（住吉如慶）

冷泉帝を前に、光源氏と権中納言の絵合が行なわれる場面が描かれています。（個人蔵／アフロ）

Q 光源氏にライバルはいなくなったの？

A かつての親友がライバルになりました。

その親友とは頭中将です。彼も光源氏の復権とともに権中納言（ごんのちゅうなごん）へと出世しています。権中納言も娘を冷泉帝に入内させて権勢を得ようと画策し、光源氏との権力闘争が始まります。最初の衝突となったのが、「絵合（えあわせ）」でした。

帝の寵(ちょう)を争い、絵合が行なわれました。

光源氏は養女・斎宮女御(六条御息所の娘)を冷泉帝の妃に入れて政権を固めていきます。冷泉帝の妃としてはすでに権中納言(元の頭中将)の娘、弘徽殿女御がおり、天皇に寵愛されていましたが、絵の得意な斎宮女御は絵を好む天皇の心をつかんでいきます。後宮では絵を楽しむことが流行し、ついに斎宮女御と弘徽殿女御に分かれ、冷泉帝の前で絵による対決、絵合が行なわれ、斎宮女御方が勝利しました。それは光源氏の勝利でもありました。

Q1 絵合ってどんな競技?

A 所有する絵を出し合って優劣を競う遊びです。

左右に分かれ、それぞれ所有する絵画を提示してその魅力を述べ、判者に優劣を決めてもらう遊びです。当時は「物合(ものあわせ)」といって、左右に分かれて優劣を競う娯楽がよく行なわれました。絵のほかにも、『源氏物語』には和歌の優劣を競う「歌合(うたあわせ)」、調合した薫りを持ち寄る「薫物合(たきものあわせ)」が行なわれています。

『源氏物語』に登場する主な遊戯

絵合

絵画の優劣を競う遊び。歴史上、『源氏物語』が初見となる。

管弦の遊び

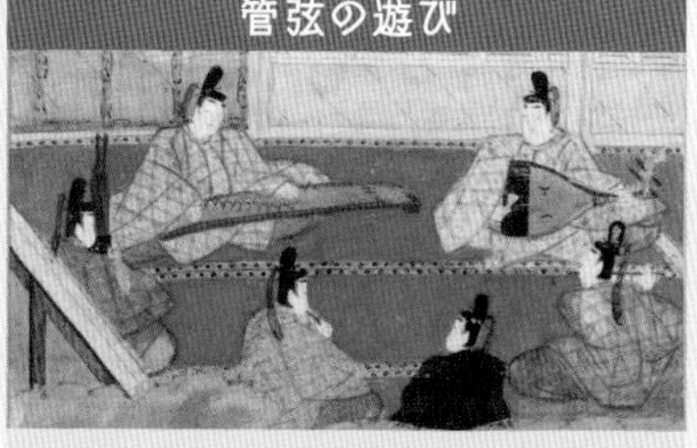

月や花が美しい時に和琴や笛、琵琶などを合奏する。寺社に奉納することもあった。

囲碁

奈良時代には中国から伝来していたと見られる盤上のゲーム。宮中の女性たちも楽しんでいた。

雪遊び

雪が降ると庭で女官らが雪玉を作って遊ぶ光景が見られた。

Q2 この時の絵合は、どんな対決だったの？

A 光源氏方が古風、権中納言方が今風の絵を集めて対決しました。

古風の光源氏方は『竹取物語』『伊勢物語』の絵を、権中納言方は『宇津保物語』『正三位』（現在は散逸）などの絵を出しました。光源氏方がかぐや姫は「この世の濁りにもけがされず、神々しい女性だ」といえば、相手は「竹から生まれた身分卑しい女よ。宇津保物語は日本と外国を取り交ぜていて面白い」と反論。すると藤壺が「伊勢物語は奥深く、在原業平の名は朽ちさせることはできない」と反論するなど白熱した対決となりました。

冷泉帝の御前で行なわれた光源氏と権中納言の絵合の場面。（月耕『源氏五十四帖　十七「絵合」』／国立国会図書館所蔵）

Q3 光源氏はどうやって勝利したの？

A 須磨の絵日記が決め手となりました。

審判は光源氏の弟、蛍宮がつとめましたが、甲乙つけがたくなかなか決着がつきません。最後に光源氏は須磨の絵日記を出します。須磨の美しい景色に、人々は光源氏の苦難の時代を思い出して心打たれ、光源氏方の勝利となりました。この勝利は光源氏の政界での権力制覇をもたらしました。

鉢伏山から眺めた須磨の海の絶景。

高御座

皇位を象徴する天皇の玉座「高御座」。現在の高御座は、京都御所紫宸殿に常設されています。（首相官邸ホームページ）

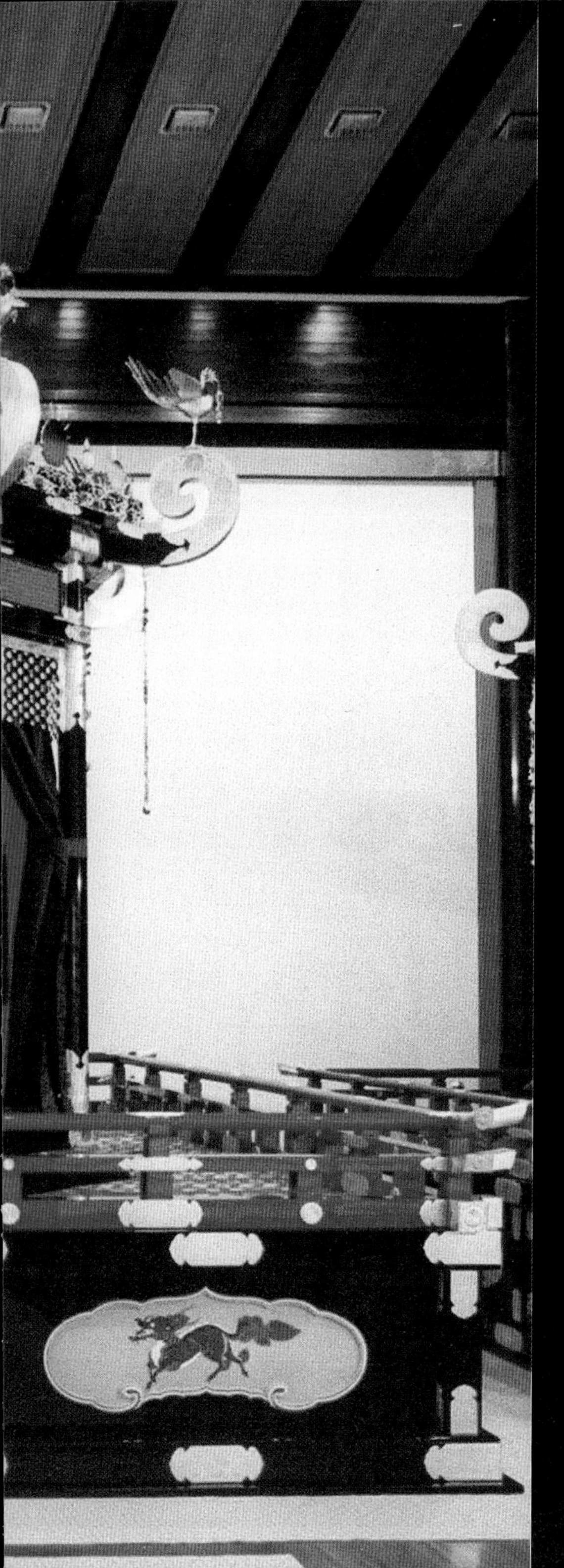

Q

冷泉帝は最後まで出生の秘密を知らなかった?

A

藤壺の死後、僧侶から明かされました。

真相を知った冷泉帝は、自分は帝になるべき存在ではないと苦悩し、光源氏に位を譲ろうと考えます。しかし、光源氏に止められ、のちに光源氏に天皇に準じた准太上天皇の位を贈ることで報いました。

光源氏が生涯思い続けた藤壺がこの世を去ります。

絵合に勝利するなど、権力を確立した光源氏はプライベートも華やかで、落成した二条東院に花散里や末摘花を迎え、明石の君も呼び寄せますが、明石の君は遠慮して大堰川（おおいがわ）のほとりの家に落ち着きます。明石の君は光源氏の説得で、悲しみながらも娘を手放し、二条院の紫の上に託しました。光源氏は幸せの一方で、最愛の人・藤壺の死という悲劇に直面し、絶望のどん底に突き落とされます。さらに冷泉帝に出生の秘密を知られるなど、光源氏の心は罪と愛の狭間で揺れ動きました。

Q1 明石の君が大堰に住むことを選んだのはなぜ？

A 自分の身分が低く気後（きおく）れしたからです。

地方育ちで身分が低い自分は光源氏の妻のなかで見劣りしてしまい、世間の笑いものになって姫君の将来にも傷をつけるのではないかと思い悩み、父の用意してくれた家に移ったのです。

秋の大堰川。京都市西部を流れる桂川は、嵐山の渡月橋を境に上流を大堰川と呼びます。明石の君が移り住んだ大堰の邸からの眺めはこうした景観だったことが想像されます。

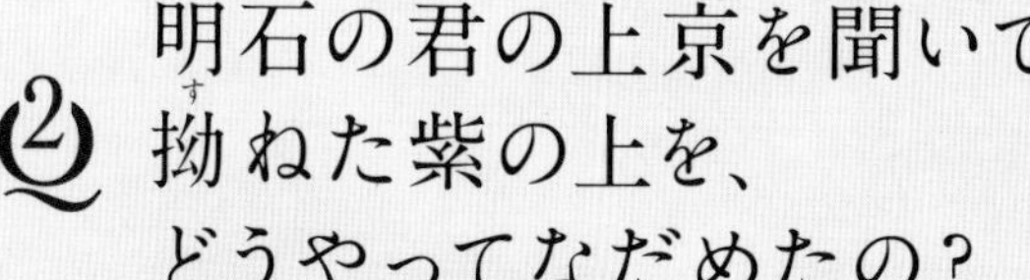

2Q 明石の君の上京を聞いて拗ねた紫の上を、どうやってなだめたの？

A 明石の姫君を養育させました。

明石の君の元に行く光源氏に紫の上は嫉妬します。光源氏は「あなたは別格なのですから」と機嫌をとりつつ紫の上に「できたら娘をあなたに育ててもらいたい」と頼みます。娘を后がねとして、高貴な紫の上に養育してもらおうと考えたのです。子供好きな紫の上は明石の姫君を我が子のようにかわいがり、明石の君の元に行く光源氏に嫉妬することも少なくなりました。

明石の姫君は、光源氏に引き取られ、紫の上によって養育されることになりました。（月耕『源氏五十四帖　十九「薄雲」』／国立国会図書館所蔵）

3Q 国母となった藤壺は権勢を極めることができたの？

A 冷泉帝の即位後、まもなく37歳の若さで亡くなりました。

藤壺中宮は国母となりましたが、最後まで愛と罪の狭間に思い悩んだ生涯でした。見舞いに来た光源氏に、愛ではなく、冷泉帝への後見を感謝する言葉を伝え、光源氏が泣き崩れるなかで灯が消えるように息を引き取りました。

4Q 冷泉帝に出生の秘密がばれたのはどうして？

A ある僧から知らされました。

冷泉帝は夜居の僧都という祈祷僧から、光源氏と藤壺の不義によって生まれた子であるという事実を知ると、光源氏への譲位の意向を示します。慌てた光源氏は帝を諫め思いとどまらせました。

★COLUMN★ 藤壺の霊に怒られた光源氏

光源氏は紫の上の機嫌を取り結ぼうとあれこれ話すなか、過去の自分が付き合った藤壺、朝顔の姫君、朧月夜、明石の君、花散里などの女性評を語り始めます。紫の上が空言ばかりと恨み言を込めた歌を詠みますが、光源氏は藤壺を思う歌を返すなど、ふたりの心はすれ違うばかり。するとその夜、光源氏の夢に藤壺が現れて、自分のことをあれこれ話して恨めしいと光源氏を責めたのでした。

Q 光源氏は息子の夕霧に、どんな教育をしたの？

五節（ごせち）の舞姫

豊明節会で舞われる五節の舞と舞姫。光源氏の息子・夕霧は“大人たちの事情”によって初恋を引き裂かれ、代わりの女性を求めて五節の舞姫に選ばれた光源氏の乳母子・惟光（これみつ）の娘に懸想してしまいます。

光源氏の息子・夕霧の幼い恋の悩みが語られます。

藤壺が亡くなり、悲しみに暮れる光源氏でしたが、斎宮女御が中宮となり、自身は太政大臣としてトップの座につくなどその権勢はますます高まります。しかし、12歳で元服(成人式)を迎えた息子の夕霧を甘やかさず、低い官位から出発させるなど厳しく育てました。その夕霧は、同じ祖母の家で育った従姉妹にあたる内大臣（ないだいじん）(頭中将)の娘・雲居雁（くもいのかり）との恋に悩んでいました。

Q1 低い官位を与えることが、なぜ厳しいの？

A 貴族は、親の七光りで出世したからです。

当時は蔭位(おんい)の制といって、親の身分によって最初から高い位につける制度がありました。夕霧は最初から四位につけたのですが、光源氏はわざわざ六位にして大学寮で学ばせます。親が没落したときのために、息子には権威に頼らず生き抜ける実力を身に着けてほしいという親心でした。夕霧も初めは六位が着る浅緑色の衣服を嫌がりましたが、まじめに学問に取り組み、優秀な成績を残し期待に応えました。

官位相当表

位階＼官庁	神祇官（じんぎかん）	太政官（だいじょうかん）	中務省（なかつかさしょう）	省
正一位 従一位		太政大臣		
正二位 従二位		左右 大臣		
正三位		大納言		
従三位		中納言		
正四位上			卿	
正四位下				卿
従四位上		左右 大弁		
従四位下	伯			
正五位上		左右 中弁	大輔	
正五位下		左右 少弁		大輔 大判事
従五位上			少輔	
従五位下	大副	少納言	侍従	少輔
正六位上	少副	左右 弁大史		
正六位下			大丞	大丞 中判事
従六位上	大祐		少丞	少丞
従六位下	少祐			少判事

夕霧の浮気を疑い、手紙を奪い取ろうとする雲居雁。世尊寺伊房詞書／藤原隆能画『源氏物語絵巻』「夕霧」和田正尚模写（国立国会図書館所蔵）

Q2 夕霧も光源氏のようにたくさんの女性に恋をしたの？

A 若い頃は、従姉妹の雲居雁一筋でした。

夕霧はその生真面目な性格から、「まめ人」と評されました。恋人には光源氏の従者・惟光の娘がおり、のちに落葉の宮という女性も妻に迎えていますが、光源氏ほどの好き人ではなかったようです。

Q3 夕霧の恋は成就したの？

A 雲居雁の父親により引き離されてしまいました。

彼女の父親は、雲居雁を東宮の妃にしようとしていたため、夕霧と恋仲と知るや激怒して、娘を自宅に連れ帰り、ふたりの仲を引き裂いてしまいます。ただ、一途に思い続けた夕霧の思いは、のちに通じることとなります。

★COLUMN★

絆の深い乳母子（めのとご）

乳母は貴人の赤子に乳を与えて養育する世話係のこと。乳母には生まれて間もない子供がいるはずで、その乳母子は乳母を通じて主君とは強い絆で結ばれます。兄弟のような従者ともいえるでしょう。『源氏物語』では、光源氏の乳母の子、惟光が有名です。光源氏が夕顔や紫の上と知り合った時には同行し、朧月夜の素性を探るなど、いつも光源氏の身近に仕えていました。須磨にも同行しています。惟光も中流貴族で、のちに公卿になっています。

Q 光源氏はどんな邸に住んでいたの？

六条院を再現したジオラマ

寝殿造の建物が4町分連結した壮大な建物でした。（宇治市源氏物語ミュージアム／京都府宇治市）

A 寝殿造（しんでんづくり）と呼ばれる建物です。

光源氏の栄華の舞台となる六条院が完成しました。

栄華の頂点に上り詰めた光源氏は、秋好中宮（あきこのむちゅうぐう）（斎宮女御）が六条御息所から譲られた土地を取り込む形で、4町からなる広大な邸宅、六条院を1年がかりで完成させました。4つの町にはそれぞれ四季の風情で彩られ、源氏とともに紫の上、花散里（はなちるさと）、明石の君など、各町が源氏ゆかりの女性たちの住まいとなりました。以降、六条院が物語の中心舞台となります。

Q1 紫の上らと並んで六条院に招かれた花散里ってどんな女性？

A 光源氏の癒し系の愛人です。

花散里は桐壺帝の女御の妹で、光源氏の昔からの愛人でした。光源氏にとっては一緒にいて心安らぐ女性で、須磨に行く前のつらい時期にも久しぶりに訪れ、心慰められています。また、光源氏は夕霧や玉鬘の養育を任せるなど、花散里に信頼を寄せていました。

花散里は、桐壺帝の妃のひとり、麗景殿女御の妹で、容姿についてはあまり良い評価は与えられていませんでしたが、光源氏が深く信頼した女性でした。（月耕『源氏五十四帖 十一「花散里」』／国立国会図書館所蔵）

★COLUMN★

春秋優劣論

平安時代、春と秋のどちらが良いかを競う論争が行なわれました。『源氏物語』では、秋に六条院が完成した際、秋の町の秋好中宮が、春の町に住む紫の上に、「心から春待つ園はわが宿の紅葉を風の伝にだに見よ（春の庭には何もないから紅葉を風の便りにどうぞ）」と紅葉を添えて送りました。すると紫の上は箱のふたを箱庭風に見立て、岩と松を配し、「紅葉は風で飛ばされるので春の緑を岩根の松にかけて見てください」と返しています。ちなみにこの論争は翌年の春に、秋好中宮の女房たちがそちらへ行きたいと和歌を送り、決着したようです。

Q2 光源氏の邸宅についてもっと教えて！

えさし藤原の郷には、寝殿造の邸宅とその庭園が再現されています。

A 二条院から転居したのが六条院です。

光源氏は母から伝えられた二条院に住み、紫の上もここに迎えています。しかし、身分も高くなり、自由に出歩けなくなったので、東に二条東院を作り、愛した女性たちを集めました。やがて35歳の時に六条院を造営し転居したのです。

Q3 六条院ってどんな邸宅？

A 4町に設けられた4つの邸を有する建物です。

当時の貴族の邸宅の規模は1町。その4倍という光源氏の栄華の象徴となる大邸宅です。この大邸宅に源氏はゆかりある主だった女性たちを集めて暮らしました。建物には季節に合わせた庭が作られ、春の町には光源氏と紫の上、明石の姫君が住み、夏の町には花散里が住みました。秋は秋好中宮の里帰りの場所、冬の町は寝殿造ではなく質素な建物で、明石の君の住まいでした。

Q4 広大な池は、何のために造られたの？

A 観賞用であるとともに、船楽などが催されました。

春の町と秋の町の南には大きな池がありました。光源氏は唐風の舟を作らせ、船下ろしの日には宮中の雅楽寮の人々を招いて演奏させる船楽を催しました。また、春と秋の池はつながっており、女房たちは船に乗り、行き来しながら景観を楽しんだようです。

土佐派によって描かれた『源氏物語図屏風 胡蝶』。池において船楽が催されています。

初瀬川（はつせがわ）

九州を逃れてきた玉鬘一行がたどり着いた初瀬川。川沿いには、長谷寺の門前が寺に向かって続いています。

Q『源氏物語』で、最も人気のあった女性を教えて！

『源氏五十四帖 三十「蘭」』（月耕）

御簾の内にいる玉鬘に藤袴を差し入れて思いを伝える夕霧。玉鬘の美貌は、光源氏ばかりかその子・夕霧までも虜にしてしまいます。
（国立国会図書館）

A 玉鬘（たまかずら）でしょう。

またもや光源氏の心を惑わす美女が登場します。

六条院で妻や愛人たちと華やかな生活を始めた光源氏ですが、このなかに夕顔がいればと残念に思っていました。そんな折、光源氏の侍女が行方不明だった夕顔の娘、玉鬘と偶然出会います。玉鬘は父の内大臣(頭中将)に会いたいと考えていましたが、彼女が大変美しく知性豊かな娘だと知った光源氏は、内大臣にも内緒で、ある思惑を秘めて彼女を引き取ります。

Q1 結局、夕顔って何者だったの?

A 頭中将と関係を持った常夏の君です。

常夏の君は頭中将の愛人で、正妻の圧迫に耐えかねて姿をくらましているときに、光源氏と知り合い、命を落としたのです。光源氏がその死を極秘にしたため、頭中将との間に生まれていた幼い玉鬘と乳母は、その死を知りませんでした。

光源氏に夕顔の花とともに和歌を贈る夕顔。(月耕『源氏五十四帖　四「夕顔」』／国立国会図書館所蔵)

Q2 光源氏に引き取られるまで、玉鬘はどんな生活を送っていたの?

巨大な石碑と政庁の礎石が残る大宰府政庁跡。玉鬘は乳母に連れられて大宰府へ移り、同地で育ちました。

A 筑紫(つくし)に下り、乳母に育てられていました。

幼かった玉鬘は母が行方不明になったのち、乳母一家とともに乳母の夫が赴任する筑紫に下りました。乳母の夫が死んだ後も玉鬘は筑紫にとどまり、美しい女性として成長し、地方の有力者などから次々に求婚されます。とくに肥後の豪族・大夫監（たいふのげん）は強引で、乳母の息子らを味方につけ、結婚の日取りを決める勢いでした。玉鬘の将来を心配した乳母は夜半に玉鬘を連れ、船で脱出して都へと向かったのです。

光源氏に仕えていた右近が玉鬘と再会した場所とされる奈良県の長谷寺。女性の願いをかなえてくれる観音霊場のひとつとして知られていました。

Q3 光源氏はどこで玉鬘を見つけたの？

A 長谷寺参詣中の侍女・右近が、偶然、出会いました。

右近は夕顔の乳母子で、その死後は光源氏に仕えていました。玉鬘との再会を願って長谷寺参詣に訪れた宿で、やはり参詣に来ていた玉鬘一行と出会います。この出会いは感動的なシーンで、「ふたもとの杉のたちどを尋ねずは　ふる川のべに君を見ましや」と、2本の杉のある長谷観音を参詣したから出会えたと、右近は感動の歌を詠んでいます。

Q4 光源氏が玉鬘を引き取った思惑を教えて！

A 玉鬘に言い寄る男たちを見て楽しむためです。

昔愛した夕顔の忘れ形見を手元に引き取りたいという純粋な思いだけでなく、男たちの気をもまして楽しもうと思ったのです。そのため玉鬘に気のある男たちをわざと近づけたりしています。

Q 玉鬘に求婚してきたのはどんな人たち？

『源氏物語 第二十五帖』「蛍」（住吉如慶）

求婚者のひとり、蛍兵部卿宮を手引きして玉鬘がいる几帳のなかへと導いた光源氏は、闇のなかに蛍を放ち、薄明りのなかに玉鬘の姿を浮かび上がらせる演出をしてみせます。
（個人蔵／アフロ）

A そうそうたる貴公子たちでした。

光源氏の異母弟の蛍兵部卿宮、政界の実力者の鬚黒の大将が熱心でした。さらに実の姉だと知らない柏木（頭中将の子）、逆に実の姉ではないと知った夕霧も言い寄っています。ただし光源氏は、蛍兵部卿宮は妻を亡くして独身だが浮気者、鬚黒の大将は気のおかしな正妻がおり、その関係でひと悶着ありそうだと評しています。

求婚者が殺到する美しい玉鬘に、光源氏の心は揺れ動きます。

六条院に玉鬘を迎えたところ、光源氏の思惑通り、多くの貴公子が言い寄りました。光源氏はそのひとりの蛍兵部卿宮を呼び出すと、室内に大量の蛍を放って幻想的な明かりのなか、玉鬘の顔を浮かび上がらせています。蛍兵部卿宮は彼女の美しさを見てますます心奪われました。このように光源氏はイタズラ心を発揮して求婚者たちの恋心を煽る一方で、自らも玉鬘に惹かれていったのです。

Q1 蛍の明かりで女性を見るという趣向は誰が考えたの？

A もともとは「蛍雪（けいせつ）の功」にあるようです。

蛍雪の功とは、貧しい人が蛍の光や雪の光で勉学に励んだ中国の故事に基づくもの。また、蛍の光は日本ではうつろいゆく心やはかなさなどを表し、恋心にもなぞらえられることも多かったようです。『うつほ物語』にも7月の相撲の節会後の夜宴で、朱雀帝が俊蔭女（としかげのむすめ）の姿を見ようと、蛍を直衣の袖に隠し、几帳の陰にいる俊蔭女の顔を、蛍の光で照らし見る逸話が見られます。

Q2 光源氏は玉鬘に手を出さなかったの？

A しっかり言い寄っています。

玉鬘に恋心を訴え、彼女の手を取り、ついには添い寝までしています。また、彼女が物語に熱中していると、物語論を吹っ掛け、物語は嘘が多いが真実もあるといいつつ、ついには「私たちのことを珍しい物語にして世に広めませんか」と玉鬘に言い寄り困らせます。玉鬘は「ふるき跡をたづぬれどげになかりけりこの世にかかる親の心は」と詠み、昔の書物にもこんな親心は例にありませんと、光源氏に手痛い歌を返しています。

玉鬘と光源氏が琴を枕にして寄り伏し、消えそうになった篝火を右近の大夫が焚いています。（土佐光吉『源氏物語画帖』「篝火」）

Q3 光源氏が玉鬘と関係するために考えた方法って？

A 結婚させて自身は秘密の恋人になることです。

世間体を考えて玉鬘との結婚はあきらめた光源氏でしたが、なんと六条院に婿を迎えるか、冷泉帝に尚侍として出仕させ、入内させたうえで、密会しようと考えます。ただし、夕霧らにその意図を見抜かれてしまい、手を引かざるを得ませんでした。

玉鬘を六条院に迎えた年の暮れ、光源氏は正妻格の紫の上をはじめ、女性たちにそれぞれの性格や容姿から柄や色を想定し、衣装を贈りました。このとき明石の君には白い小袿に濃い紫を重ねた着物を贈ったのですが、気品の高い色合いに明石の君への想いを感じた紫の上は激しく嫉妬しています。（土佐光吉『源氏物語画帖』「玉鬘」）

★COLUMN★

夕霧の六条院巡り

第二十八帖「野分」では、台風（野分）で損傷を受けた六条院に夕霧が見舞いに訪れます。ここで夕霧ははじめて紫の上を垣間見、その美しさに心奪われてしまいます。同時に父が今まで会わせてくれなかったことにも納得したのでした。その後、夕霧は、光源氏の命によって六条院を巡ることになり、秋好中宮、明石の君を見舞います。最後に玉鬘を目撃した夕霧は、光源氏との親子らしからぬ仲に衝撃を受けるのでした。

六条院を巡る夕霧。（月耕『源氏五十四帖 二十八「野分」』／国立国会図書館所蔵）

『源氏絵鑑帖』
「常夏」（伝土佐光則）
夕霧や内大臣の息子たちと六条院の釣殿で歓談していた光源氏が、内大臣が見つけてきた娘（近江の君）の噂を聞く場面。画面右下では川魚が焼かれています。
（宇治市源氏物語ミュージアム所蔵）

Q 内大臣は光源氏にどのように対抗したの？

白髭神社の鳥居

夕日に照らされる琵琶湖の絶景のひとつ。近江の君はその名から近江の出身であることが推測されます。

A 入内させる娘を探したところ、変な子が来てしまいました。

内大臣（頭中将）も光源氏に対抗して、自分の隠し子を探しました。ところが、探し出した近江の君は田舎育ちで早口、双六好きで貴族としての教養がありません。異母姉にあたる弘徽殿女御にはおかしな和歌を送り、便所掃除でも何でもするから宮中最高位の女官である尚侍にしてほしいと言い出して内大臣を辟易させます。

内大臣秘蔵の娘、近江の君が巻き起こした騒動の数々——。

ライバルの光源氏に玉鬘という美しい娘がいたことを知った内大臣（頭中将）はうらやましくてたまりません。そうしたなか、内大臣は別の隠し子である近江の君を探し出して迎え入れます。ところがその娘は早口で品がなく、周囲の笑いものになってしまいました。その頃、光源氏は玉鬘を冷泉帝の元に出仕させることを決め、玉鬘も遠くから帝の姿を見てその立派な姿に心動かされます。ここに至り、光源氏は、内大臣に玉鬘の正体を打ち明けることにしました。

Q1 内大臣は、夕顔の子を探さなかったの？

A もちろん探していました。

占いではどこかの養女になっていると出ましたが、光源氏のもとにいるとは思いもよらなかったでしょう。光源氏が隠していたため、会うことができなかったのです。

異母姉の弘徽殿女御らと囲碁を打つ近江の君。（月耕『源氏五十四帖　二十六「常夏」』／国立国会図書館所蔵）

中央に描かれるのが、冷泉帝の行幸の一行です。（土佐光吉『源氏物語図屏風』「御幸」「浮舟」「関屋」／メトロポリタン美術館所蔵）

Q2 光源氏はどうやって帝と玉鬘の仲を取り持とうとしたの？

大原野行幸の舞台となった大原野に鎮座する大原野神社。

A 冷泉帝の行幸を利用しようとしました。

光源氏は自分の恋心を断ち切るためにも彼女を冷泉帝のもとに出仕させようとします。しかし、玉鬘は気後れして乗り気ではありません。そこで光源氏は大原野行幸（天皇が狩りに出かけること）の見物へ玉鬘を連れ出します。玉鬘はここで光源氏によく似た冷泉帝の美しさに惹かれる一方、求婚してきた鬚黒の大将の顔を見て髭だらけで汚いと思い、冷泉帝の元に入内することを前向きに考えます。

Q3 内大臣はいつ玉鬘の存在を知ったの？

A 入内を控えた裳着の時です。

玉鬘の裳着（成人式）を前にして、光源氏は彼女の素性を内大臣に打ち明けました。喜んだ内大臣でしたが、光源氏が恋したもののうまくいかず、困って帰してきたのだろうと光源氏の心のなかを見透かします。とはいえ内大臣は、裳着では重要な役となる腰結いの役を引き受け、対面の時には涙をこらえることができませんでした。一方近江の君は、玉鬘の素性が明らかになったのち、自分と待遇が違うと兄姉に当たり散らしてまたも失笑を買いました。

Q 最終的に玉鬘を妻にしたのは誰？

『源氏物語
第三十一帖』「真木柱」
（住吉如慶）

髭黒の大将が玉鬘を手に入れて絶頂となる一方で、ひとつの家族が崩壊していくのでした。（個人蔵／アフロ）

玉鬘と結ばれたのは、意外な人物でした。

裳着を済ませた玉鬘は冷泉帝のもとへ尚侍（ないしのかみ）として出仕するのを待つばかりでした。しかし、求婚者たちはまだあきらめず恋文を送ります。そんななか、ついに鬚黒の大将が実力行使に出て強引に結婚してしまいました。玉鬘は不本意でしたが、受け入れるしかありません。鬚黒の大将は有頂天になる一方で、長年連れ添った妻は怒り狂い、妻は娘を連れて実家に帰ってしまいました。

Q1 玉鬘が就任した尚侍ってどんな役割？

A 天皇のお言葉を伝える役で、妃としての役割がある場合もありました。

制度上は天皇のお言葉を伝える役目を持つ位の高い女官ですが、天皇の寵愛を受けるケースもあり、女御や更衣になることもありました。玉鬘も尚侍として冷泉帝に仕える予定でしたが、鬚黒の大将と結婚したため形だけ出仕し、鬚黒がすぐに辞めさせています。かつて光源氏と結ばれた朧月夜も、当初、尚侍として朱雀院に出仕し、寵愛を受けていました。

平安時代中期頃の後宮の職制

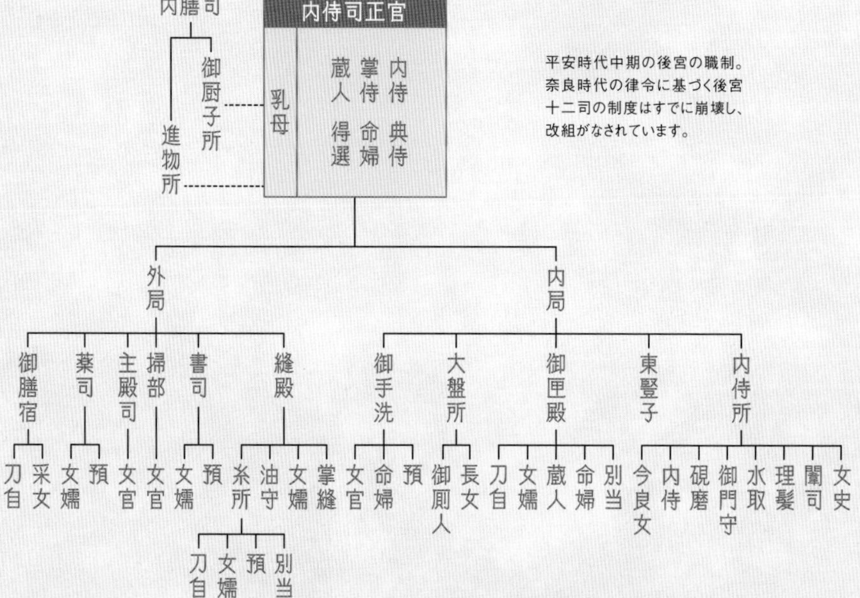

平安時代中期の後宮の職制。奈良時代の律令に基づく後宮十二司の制度はすでに崩壊し、改組がなされています。

鬚黒の大将の結婚はどんな影響を与えたの？

A　鬚黒の大将の家庭の崩壊につながりました。

式部卿宮（紫の上の父）の娘である鬚黒の大将の妻は、ここ数年、物の怪に取り憑かれ、夫婦仲もこじれていました。そんななかで玉鬘の一件を知った妻は怒りのあまり、玉鬘のもとへ行こうとしていた鬚黒の大将に香炉の灰を投げ、服を台なしにします。式部卿宮も怒り、娘と孫娘の真木柱を実家に連れ戻しました。退去の際、真木柱は「今はとて　宿離れぬとも馴れきつる真木の柱はわれを忘るな（この家の真木柱は私を忘れないで）」という和歌を書いた紙を屋敷の柱の割れ目に差し込んでいます。これが88ページの絵の場面です。

玉鬘のもとへ通うため、服に香を焚き染めていた鬚黒の大将でしたが、香炉の灰を浴びせられ、その日は通えなくなってしまいました。（土佐光信『源氏物語画帖』「真木柱」／ハーバード美術館群所蔵）

Q3　光源氏は、鬚黒の大将との結婚に反対しなかったの？

A　残念には思いましたが、認めました。

鬚黒の大将は、光源氏、内大臣に次ぐ宮廷の権力者で、東宮の母の兄にあたるなど、家柄としては申し分ないため、認めざるを得なかったのです。ただし、光源氏もまだ玉鬘に未練がましい手紙を送っています。

★COLUMN★　玉鬘はその後、どうなったのか？

その後、玉鬘は鬚黒の大将との間に3男2女をもうけました。有力者となり、太政大臣にまでなりましたが、光源氏と前後して亡くなります。玉鬘は弟のように親しむ薫（光源氏の子）を婿にできればと考えていましたが、冷泉院と天皇からの要請もあり、娘ふたりをそれぞれに入内させることとなりました。しかし、宮中に入った娘たちの気苦労の多さや子の出世の遅いことを嘆いており、苦労が尽きないさまが「竹河」に描かれています。

Q 光源氏の栄華の頂点はいつ？

葵祭

葵祭は約1400年の歴史をもつ京都三大祭のひとつ。総勢500名以上が、平安貴族の姿で京都御所から下鴨神社を経て上賀茂神社へと向かう行列は壮麗です。
（京都市上京区／アフロ）

A 上皇に次ぐ位を与えられ、六条院に冷泉帝と朱雀院の行幸を受けた時です。

光源氏は、六条院に行幸してきた冷泉帝と朱雀院と同列の席につき、帝らと肩を並べる地位にまで上り詰めました。光源氏はこの時、39歳。栄光をかみしめていました。

上皇並みの位を与えられ、光源氏は栄華の頂点を極めます。

玉鬘の結婚騒動が落着した後は、明石の姫君の盛大な裳着が執り行なわれ、姫君が東宮(朱雀院の皇子)に入内しました。この入内を前に、光源氏は薫物合(たきものあわせ)を思い立ち、妻や知り合いの女性たちから贈られた香を姫君への嫁入り道具としています。この時、朝顔の君から梅の枝とともに薫物が届いたことは、光源氏を喜ばせました。また、裳着に際しては紫の上が初めて明石の君と顔を合わせ、お互いを認め合いました。さらに息子・夕霧の縁談もまとまるなど、あらゆる心配事が解消されるなか、光源氏自身は、冷泉帝から准太上天皇(じゅんだいじょう)の位を贈られ、天皇や朱雀院の行幸を受け、栄華の頂点を極めました。

Q1 光源氏の求愛を断固拒んだ女性はいないの?

A 朝顔の君がいます。

朝顔の君は、源氏のいとこにあたります。若い頃から光源氏は言い寄り、とくに藤壺の死後、彼女に執拗に求愛しています。しかし、六条御息所のようになることを恐れた彼女は徹底して光源氏を拒み、のちに出家しました。一時、彼女との仲は世間の噂にもなり、正妻になるのではないかと紫の上を悩ませてもいます。

Q2 朝顔の君から届いた梅の枝の意味を教えて!

A 自分はすでに散ってしまった身という謙遜です。

光源氏に薫物の調合を依頼された朝顔の君は、「花の香は　散りにし枝にとまらねど　うつらむ袖に　浅くしまめや(私のように盛りを過ぎた者には香りはうつらないが、姫君様にはきっとよく染みるでしょう)」と、梅の枝とともに明石の姫君を祝福する和歌を送りました。彼女は光源氏の愛を拒み通しましたが、嫌っていたわけではありません。光源氏が弱っている時には慰め、お祝いには心を込めた物を贈るなど、きめ細かな心遣いができる女性でした。

北野天満宮の梅。梅は菅原道真がとくに愛したとされる植物で、国風文化が浸透する以前、日本の花といえば梅の花でした。『万葉集』などに梅を詠んだ歌が盛んに登場しています。

3Q 明石の姫君の入内前に光源氏が思いついた薫物合って？

A 調合した薫物を持ち寄り、その優劣を競う行事です。

明石の姫君への嫁入り道具として、光源氏は女性たちに薫物の調合を頼み、自分も秘伝の薫物を調合しました。薫物とは、2種類以上の香木を蜂蜜や甘茶づるの汁とともに練り合わせ、壺に入れて地中に埋めて熟成させたものです。この時は光源氏の「侍従」、朝顔の君の「黒方」、紫の上の「梅花」など、素晴らしいものがそろい、この判定を蛍兵部卿宮に依頼しましたが、どれも逸品ぞろいで、優劣をつけることができませんでした。

夕霧は内大臣の邸宅で開かれた藤花の宴に招かれ、雲居雁との結婚を許されました。（土佐光信『源氏物語画帖』「藤裏葉」／ハーバード美術館群所蔵）

4Q 引き裂かれていた夕霧と雲居雁の間はどうなったの？

A 内大臣が結婚を許しました。

夕霧が立派な青年となり、内大臣はふたりの仲を引き裂いたことを後悔するようになりました。雲居雁も不安になり、「限りとて　忘れがたきを忘るるも　こや世になびく心なるらむ」と、世間に流されてなびいてしまうのかと夕霧に恨み節の歌を送っています。娘の幸せを考えた内大臣が夕霧を自邸に招いて歓待し、夕霧と雲居雁は6年越しの恋を実らせました。

コラム3

平安京周辺の寺院

平安京周辺には、女房たちもこぞって出かけた参詣スポットがありました。

日常生活のほとんどを邸宅内で過ごす平安貴族の女性たちでしたが、泊りがけの旅行に出ることもありました。多くが寺社仏閣への参拝を名目とした「物詣」と呼ばれる参詣旅行で、宿泊は寺院や縁故者の邸宅、あるいは民家に依頼することもありました。平安京の周辺には観音信仰の寺や、王城鎮護の寺社など、参詣スポットが点在しており、奈良・初瀬の長谷寺や、滋賀・大津の石山寺といった『源氏物語』ゆかりの寺をはじめ、石清水八幡宮、清水寺などが女性に人気でした。

清水寺
（京都市東山区）
貴族の参詣寺のうち最も人気のあった寺。観音信仰の霊場としても知られる。

長谷寺
（奈良県桜井市）
天武天皇の朱鳥元年（686年）に十一面観音像を祀って開かれたとされる大和の寺。平安時代には女性の参詣スポットとして人気を集め、『源氏物語』でも重要な出会いの場となる。

醍醐寺
（京都市伏見区）
空海の孫弟子・聖宝が准胝（じゅんてい）観音、如意輪観音を迎えて開山した寺。桜の名所としても名高い。

延暦寺
（滋賀県大津市）
最澄により開かれ、平安京の北東（鬼門）を守る王城鎮護の寺となった大寺院。

仁和寺
（京都市右京区）
光孝天皇の発願で建てられ、宇多法皇が住んでいた天皇家ゆかりの寺。『源氏物語』では朱雀帝の出家隠棲先のモデルとされる。

石山寺
（滋賀県大津市）
聖武天皇の発願により、如意輪観音をこの地に祀ったのが始まりとされる観音霊場のひとつ。

鞍馬寺
（京都市左京区）
平安京北方を守る寺で、770年の開基。貴族の参詣寺のひとつ。

Q『源氏物語』は ハッピーエンドで終わるの？

仁和寺の紅葉と五重塔

女三の宮の降嫁により、六条院に爪痕を残した朱雀院が、出家後に入山した「西山なる御寺」は、仁和寺がモデルといわれています。（京都市右京区）

A 女三の宮の降嫁を機に、光源氏の世界が崩壊していきます。

光源氏は、25歳以上年下の女三の宮を妻に迎えたことを機に、紫の上を頂点としていた六条院の世界にほころびが生じ始めます。

女三の宮の降嫁が、紫の上を苦悩させます。

栄華を極めた光源氏ですが、新たな結婚が運命を暗転させます。光源氏は異母兄・朱雀院の願いを受け、その娘の女三の宮を正妻に迎えたものの、彼女に失望します。一方で正妻格の座を奪われた紫の上は苦悩を深め、女三の宮を慕っていた柏木(頭中将の子)が恋情を募らせるなど、光源氏の周りには暗雲が忍び寄っていました。その頃、明石の姫君は皇子を出産。孫が帝となる夢の実現を確信した明石の入道は、山へ籠り姿を消しました。

Q1 光源氏が女三の宮に失望したのはなぜ?

A あまりにも幼かったためです。

光源氏は40歳、女三の宮は14歳でした。光源氏は兄・朱雀院の要請を断れず、降嫁を受け入れます。彼女は藤壺の姪でもありましたが、藤壺に似ていないばかりか、痛々しいほど幼いために失望。同じ年でもはつらつとした美しさで利発だったと、改めて紫の上への愛しさを募らせます。

Q2 紫の上はどんな反応を見せたの?

A 自分の地位の危うさを痛感し、出家を望むようになりました。

光源氏と過ごす時間が減り、正妻の座を奪われた辛さを痛感していました。紫の上は心のなかで苦しみましたが、表面的には平静を装ってけなげにも衣装に香をたきしめ、光源氏を女三の宮の元に送り出します。しかし、苦悩のあまり、3日目には光源氏の夢枕に現れ、次第に出家を望むようになります。

今後の展開で重要な役割を果たす猫と共に描かれています。(月岡雪鼎『女三の宮』/個人蔵)

仁和寺の金堂は御所の旧紫宸殿を移築し、一部改修したもので、近世初期の寝殿造の姿を伝える貴重な遺構となっています。

Q3 女三の宮に花婿候補はいなかったの？

A 頭中将の子、柏木が求婚していました。

柏木はもともと玉鬘の求婚者のひとりでした。しかし、異母姉であることが判明したため断念し、その後、女三の宮に求婚していました。柏木は、彼女が光源氏の元へ降嫁したのちも、自分の方がふさわしいと思い、あきらめきれずにいました。

柏木周辺の系図

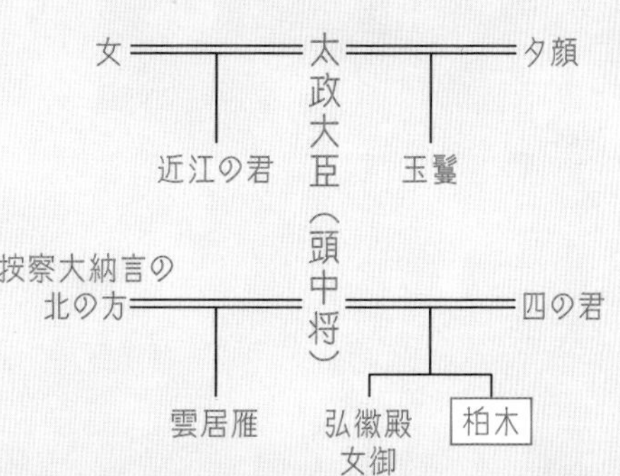

★COLUMN★ 四十賀

当時は40歳が初老とされ、40歳で舞や楽器の演奏などを伴う「四十賀」という長寿祝いが行なわれました。光源氏は玉鬘から若菜を献上され、「小松原末のよはひに引かれてや野辺の若菜も年をつむべき（若いあなたにあやかって若菜も年を重ねましょう）」という歌を詠みました。扇子4つ、衣箱40、籠40など、室内の装飾や祝儀の品も4や40など4にちなむ数が用意されています。四十賀は紫の上、秋好中宮、夕霧（冷泉帝の意向）などによって何度も開かれました。こうした長寿を祝う「参賀」は、40歳以降、10年ごとに行なわれ、50歳には「五十賀」が、60歳には「六十賀」が行なわれました。

『源氏物語画帖』
「若菜上」(土佐光信)
猫が駆け抜けたために御簾がめくれ、庭で蹴鞠をしていた柏木が、女三の宮を垣間見てしまいます。
(ハーバード美術館群所蔵)

Q 柏木が、女三の宮に惹かれてしまったのはなぜ?

『源氏物語画帖』
「若菜下」（土佐光信）
紫の上と和歌を唱和する光源氏。心労が募った紫の上は胸の痛みを覚え、死の影がちらつきます。
（ハーバード美術館群所蔵）

A 垣間見したことが発端です。

六条院で蹴鞠が行なわれた際、唐猫が部屋から飛び出した拍子に御簾がめくれ、柏木は女三の宮の姿を目にします。以降、執着というほど恋心を募らせた柏木は、策略で女三の宮の猫を手に入れ、宮の形代（みがわり）として愛着しました。しかし飽き足らず、光源氏が紫の上の看病で二条院に滞在している間、女三の宮の元に忍んで強引に関係を結びます。

光源氏の周りに、暗雲が立ち込めます。

女三の宮と紫の上の狭間で、危ういバランスを保っていた光源氏ですが、苦悩を深めていた紫の上は、六条院の女性たちとともに朱雀院を迎えて女楽(じょがく)を催したその翌朝、胸の痛みを覚えて倒れてしまいました。彼女は持ち直しましたが、その間に女三の宮と柏木が密通。やがて女三の宮の懐妊が発覚しますが、不在にしていた光源氏は不信に思います。のちに真相を知った光源氏は、かつての藤壺との関係を思い起こし、因果応報を痛感するのでした。

Q1 女楽ってどんな催し？

A 六条院の女性たちによる演奏会です。

光源氏は、朱雀院を六条院に招いて女楽で歓待します。紫の上が和琴、明石の君が琵琶、明石の女御が箏の琴（しょうのこと）を披露。女三の宮も光源氏の指導のおかげで琴の琴（きんのこと）を弾きこなしました。

Q2 柏木はどうやって六条院に忍び込んだの？

A 光源氏の留守を狙いました。

女楽が行なわれたその夜、光源氏とそれまでの人生を語り合った紫の上は、37歳という厄年を迎え、耐えることができない苦悩こそが生きる支えであったと告げ、出家の意志を告げました。しかし、光源氏はこれを認めないまま、女三の宮のもとへ渡ってしまいました。翌朝、紫の上は自分の人生は苦しみも人一倍だったとひとりで嘆息し、胸の病に倒れます。その後、持ち直した紫の上は二条院へと移り、光源氏は看病のために六条院を留守にしていたのです。

病の床に臥す柏木とそれを見舞う夕霧。柏木は長くないことを悟り、妻の女二の宮のことを含め後事を夕霧に託しました。（世尊寺伊房詞書・藤原隆能画『源氏物語絵巻』和田正尚模写／国立国会図書館所蔵）

Q3 柏木の密通を光源氏はどうやって知ったの？

A 柏木の恋文を見つけました。

光源氏はある時、女三の宮の部屋で褥の下に挟んでおいた柏木からの手紙を見つけます。彼女の妊娠を不審に思っていた光源氏は合点がいきました。手紙に彼女への思いをあからさまに記している柏木に対して、自分の若い頃にはもう少し注意したと配慮のなさに呆れました。そしてふと、父の桐壺帝も自分の過ちを知っていたのではないかとぞっとするのでした。

女三の宮の猫を手に入れ、猫を愛でることで恋情を紛らわせる柏木。（伝土佐光則『源氏絵鑑帖』「若菜下」／宇治市源氏物語ミュージアム所蔵）

Q4 柏木の密通に対し、光源氏はどういう報復をしたの？

A 痛烈な皮肉を浴びせて、酒を飲ませました。

光源氏に密通のことを知られた柏木は、いまさらながら大それたことをしでかしたと後悔し、病床に伏してしまいます。光源氏の屋敷の宴に招かれ出かけると、光源氏が「年をとると酔い泣きするので困る。柏木も笑っているが若いのは今のうちだけ」と痛烈に皮肉を言って、柏木に酒を飲ませました。密通が発覚したことを知った柏木は、そのまま心労から床についてしまいます。

『源氏物語色紙
三十六「柏木」』
（土佐光吉）

柏木が床に臥せるなか、致仕大臣（頭中将）が、柏木の回復を願う加持祈祷のために迎えた葛城山の行者と対面しています。（メトロポリタン美術館所蔵）

Q 柏木との不義の子は、どうやって育てられたの？

『源氏絵鑑帖』
「横笛」
（伝土佐光則）

「横笛」において薫は竹の子を噛る描写が見られます。愛らしい姿を見せる薫ですが、その姿は次第に柏木の面影を留めるようになっていきました。
（宇治市源氏物語ミュージアム所蔵）

柏木が亡くなり、不義の子が生まれました。

女三の宮と柏木の密通を知り、苦悩する光源氏ですが、一方で柏木は絶望して病に伏しながらも、女三の宮への思慕を抱いて、最後に手紙が欲しいと懇願します。女三の宮は「私も煙とともに消え去りたい」と、つらい現実を嘆く歌を返しています。やがて女三の宮は不義の子・薫を生みますが、光源氏の冷たさを目の当たりにして将来に不安を覚えます。一方、明日をも知れぬ状態となった柏木は友人の夕霧に、妻の落葉の宮の行く末を頼むのでした。

Q1 薫を生んだ女三の宮は、その後、どうしたの？

A 出家してしまいました。

光源氏の冷淡な態度に絶望した女三の宮は出家を望みます。光源氏は外聞をはばかって女三の宮をいさめますが、今までのおっとりした幼い彼女とは異なり決意は固く、すでに出家の身であった父の朱雀院の手によって出家を果たしました。この時、六条御息所の物の怪が現れ、光源氏をあざ笑っています。

Q2 夕霧は薫の素性に気づいたの？

A すべてを察します。

夕霧は、柏木の妻・落葉の宮の母から柏木愛用の横笛を渡されます。すると夢に柏木が出て自分の子に託したいと告げました。父の光源氏に相談に行った夕霧は、父の言動や薫の面差しからすべてを悟ります。しかし、このことを深く追求することはなく、兄として薫に接しました。

託された横笛を吹く夕霧。（月耕『源氏五十四帖 三十七「横笛」』／国立国会図書館）

落葉の宮が隠棲した場所と伝わる岩戸落葉神社。周山海道沿いに鎮座し、一帯は紅葉の名所として知られます。

Q3 柏木の妻・落葉の宮を夕霧は、遺言通り養ったの？

養うどころか、落葉の宮に惹かれてしまいました。

柏木から妻のことを頼まれた夕霧は、彼女の面倒を見るうちにその風情ある姿に惹かれていきました。彼女は夕霧を拒絶しましたが、母を亡くした彼女の面倒を見ているうちに親しくなり、強引に関係を結んでしまいます。なお、夕霧の妻・雲居雁は、夕霧の不義を察して落葉の宮の母からの手紙を奪い取って隠すなど嫉妬し、彼が落葉の宮と関係を結んだと知ると、怒って実家に帰ってしまいました。

律川の上流にある音無の滝。小野の山荘に隠棲している落葉の宮は、夕霧宛ての手紙のなかに「朝夕に　泣く音を立つる　小野山は絶えぬ涙や　音無の滝」と詠んでいます。

★COLUMN★

夕霧の子供たち

夕霧の子供の数は写本によって違いますが、12 人前後いたようです。このうち雲居雁が6人～8人生んでおり、残りは妾の藤典侍の子です。藤典侍の子のうち次郎君と三の君は光源氏の妻である花散里が引き取って育て、器量が優れていた六の君は落葉の宮が引き取って育て、のちに匂宮と結婚しました。

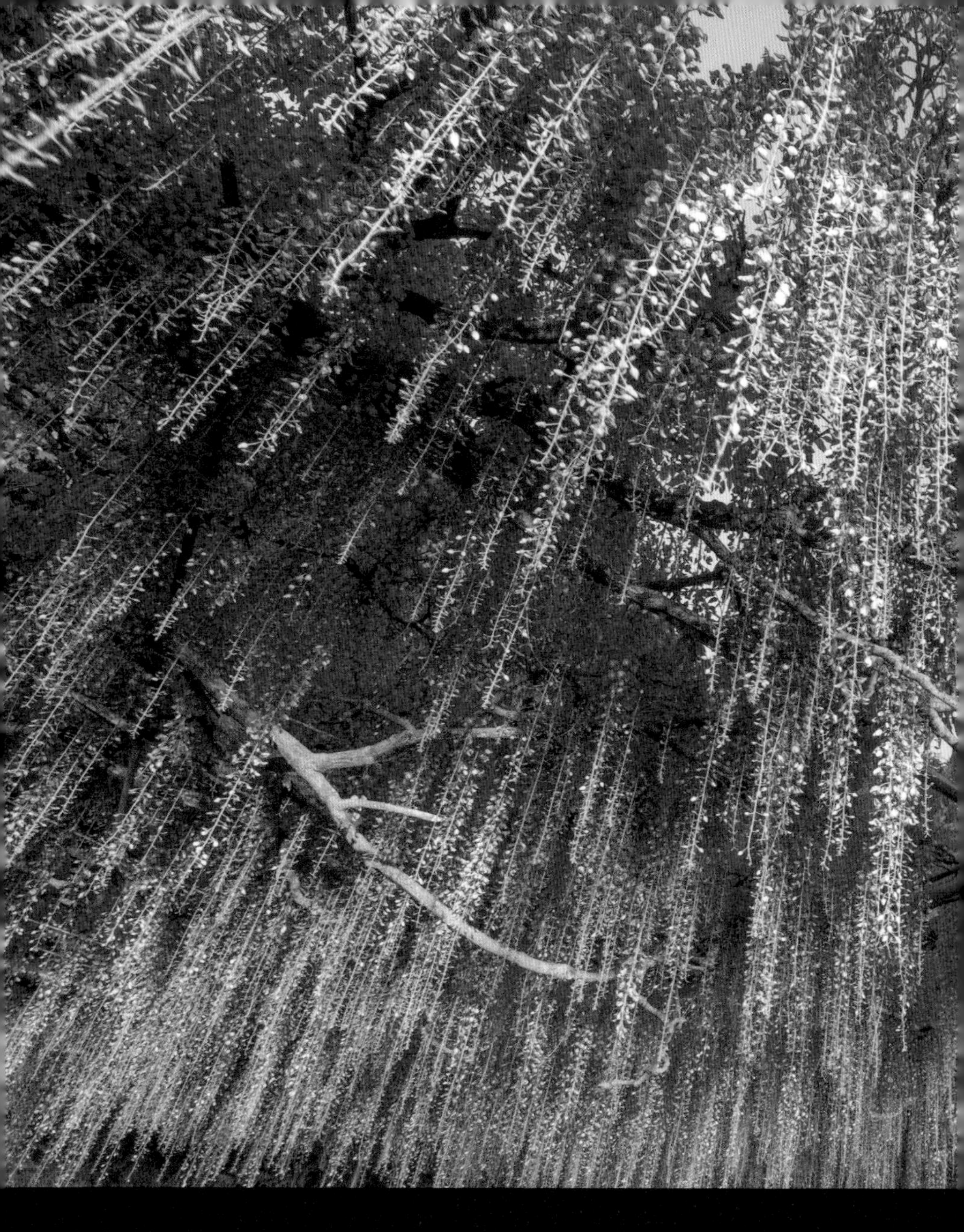

Q 紫の上の病状は、その後、どうなったの？

白毫寺の九尺藤

紫の美しい花を咲かせる九尺藤。藤壺、紫の上、作者の紫式部と、『源氏物語』は「紫」に彩られています。（兵庫県丹波市）

A 一度持ち直しましたが、悪化し、死を迎えます。

衰弱していく紫の上を見て、光源氏は「ややもせば　消えをあらそふ露の世に　後れ先だつほど経ずもがな」と、死ぬなら遅れることなく一緒に死にたいものだと悲しみます。

光源氏の最愛の妻、紫の上が天に召されます。

光源氏は薫の誕生に悩む一方で、紫の上への思いを強くしていました。一方の紫の上は女楽後に発症した大病ののち、体調がすぐれず出家を願いますが、光源氏が許しません。そこで自分の命が長くないことを知る紫の上は、法華経千部の供養を行ないます。この供養を境に彼女の体調は悪化。秋風が吹く頃、気分が悪いと床に伏すと、明石の中宮と光源氏に見守られながら、明け方、露が消え去るようにこの世を去りました。

Q1 どうして光源氏は出家を許さなかったの？

A 離れがたかったからです。

出家して夫婦が離れ離れになってしまうことが耐えられず、許さなかったのです。

Q2 法華経千部の供養は何のために行なわれたの？

A 紫の上が人々に別れを告げるためです。

この供養は天皇や后からも心よせがあるなど、二条院で盛大に催されました。明石の君、花散里ら六条院の人々も集って紫の上と歌を交わし、紫の上はひそかに彼女たちに別れを告げました。紫の上は花散里に「絶えぬべき　御法ながらぞ頼まるる　世々にと結ぶ　中の契りを（これが最後の法会と思われますが、あなたと結んだ縁を大切にしたい）」と詠んでいます。

紫の上が催した法華経千部の供養が描かれています。（月耕『源氏五十四帖　四十「御法」』／国立国会図書館所蔵）

描かれているのは、重体の紫の上を見舞う光源氏と明石の中宮です。(『源氏物語絵巻』「御法」／五島美術館所蔵／アフロ)

Q3 光源氏は紫の上を喪って どんな様子だったの？

A 涙で袖を濡らし、葬儀では ひとりで歩けないほどでした。

光源氏はいつもと変わらず美しい紫の上の死に顔を呆然と眺めていました。正気を失いそうになりながらも葬儀を取り仕切りましたが、自身は宙に浮いたような心地で人に助けられなければ歩けないほどでした。

六道珍皇寺。この世とあの世の境とされる「六道の辻」にあたるとされ、六道の辻の碑が立ちます。当寺、平安京の埋葬地のひとつ鳥辺野への経路にあたり、「野辺の送り」が行なわれました。紫の上の葬列もこの道を通ったことになります。

★COLUMN★

二条院と紫の上

二条院は、紫の上が迎えられて光源氏と結婚し、六条院に移るまで暮らしていた思い出の場所です。一方、紫の上にとって六条院は、光源氏が女三の宮を迎えるなどつらい記憶のある場所でもありました。光源氏は病みついた紫の上を転地療養として二条院に移し看病します。その光源氏は女三の宮の密通で悩んでいました。しかし、紫の上は自分の看病で女三の宮の元へ行けず悩んでいるものと勘違いします。愛し合うふたりの心はすれ違っていたのです。

Q 紫の上の没後、光源氏はどうなったの？

化野念仏寺

京都の葬送地のひとつ化野。京都周辺には、化野のほかに鳥辺野や蓮台野などの葬送地があり、貴族の死者は葬儀のあと、牛車に乗せられて運ばれ埋葬されました。（京都市右京区）

A 1年にわたり紫の上を供養する日々を送ります。

人前に姿を現さず、花橘やほととぎすに彼女をしのび涙するといった悲しみの日々を送ります。秋には雁を見て、「大空を　かよふまぼろし　夢にだに　見えこぬ魂の行く方たづねよ」と詠い、彼女の魂を探してきてほしいと涙しました。

光源氏も出家し、ひっそりと退場していきます。

最愛の妻・紫の上を失った光源氏は悲しみに暮れる日々を過ごします。1年間、季節の移ろいとともに、紫の上を思い出しては泣き暮らし、思い乱れて出家する踏ん切りもつきません。一周忌も過ぎた年末、ようやく出家を決意し、涙を流しながら紫の上の手紙もすべて焼きます。大晦日、6歳の孫・匂宮（におうみや）（明石の中宮の子）が走り回るのを見て、「もの思ふと　過ぐる月日も知らぬ間に　年も我が世も　けふや尽きぬる」と、我が人生も1年も今日で終わりと感慨を込めて詠み、光源氏の物語は終わりを迎えます。

Q1 紫の上からの手紙を焼いてしまった光源氏は、どんな心情だったの？

A 彼女との30年の生活に別れを告げる決心をしました。

光源氏が悲しみから立ち直ったわけではありません。ただ、紫の上を失った悲しみで出家もままならないほど落ち込んでいましたが、ようやく俗世と離れて出家する決意をしました。彼女の手紙を焼くことで、この世への未練を断ち切ろうとしたのでしょう。

Q2 光源氏は最後に何を悟ったの？

A この世は無常であることです。

恵まれた境遇ながらも愛する人たちを失い、つらい思いをしているのは、諸行無常を味あわせるためだと嘆いています。

紫の上を思う日々を送る光源氏。
（月耕『源氏五十四帖　四十一「幻」』／国立国会図書館所蔵）

嵯峨の清凉寺。この地は、光源氏のモデルのひとりとされる源融の山荘があった場所とされ、山荘が没後寺となり、清凉寺となりました。そうした関係から清凉寺が光源氏の隠棲先である「嵯峨の御堂」とされています。

Q3 光源氏の死は、どう描かれているの？

A 描かれていません。

死を暗示させる巻名「雲隠」があるのみで、死の様子については描かれていません。ただ、のちの「宿木」には光源氏が出家したあと、嵯峨に移り住んで、2、3年後に死去したことが記されています。また、この間に頭中将や髭黒の大将などもこの世を去っています。

『源氏物語画帖　四十一「幻」』。邸宅に籠り追悼の日々を過ごす光源氏。（土佐光信／ハーバード大学美術館群所蔵）

★COLUMN★ 貴族の葬儀

貴族が死亡すると、遺体には白い衣が着せられ、集まった近親者が「無言念仏」（声を立てずに念仏を唱えること）によって成仏を祈願しました。

葬儀はいわゆる野辺送りで、夜間、棺を牛車に乗せて鳥辺野などの葬送地へ運びます。葬列には男性の親族・縁者が参加しました。実はこの親族がいないと貴族であっても葬儀を行なってもらえません。『今昔物語集』には、身寄りのない中流貴族の老女が、墓地に捨てられる話が見られます。

貴族は火葬が一般的で、都の郊外にある鳥辺野や化野、蓮台野といった葬送地において、読経のなかひと晩かけて荼毘に付されました。

コラム4

貴族のマイカー「牛車」

平安貴族たちは身分に応じた牛車の乗って外出していました。

平安貴族の移動手段といえば牛車。権威の象徴でもあり、最も格式が高く、上皇が乗車する「唐車」、皇族（皇后・東宮・親王）が乗る色染めの絹糸で屋形部分を飾った「糸毛車」、摂政・関白や公卿が乗る「檳榔毛車（びろうげのくるま）」、下級貴族用の「網代車」と、身分によって車種に定めがありました。一方、天皇の外出には牛車ではなく「鳳輦（ほうれん）（屋根の上に鳳凰を載せた輿）」が用いられました。

Q『源氏物語』は、光源氏が亡くなって終わりなの？

宇治川の流れと紫式部像

『源氏物語』の最後の舞台となるのは、宇治川の瀬音が響く貴族の別荘地でした。（宇治市）

A 光源氏の子を主役とし、物語は続きます。

光源氏没後の様子が3巻にわたって述べられたのち、光源氏の子・薫中将と匂宮、八の宮の3人の娘を中心とした悲恋の物語が10巻にわたって続きます。一連の物語は、宇治を主要な舞台とすることから、「宇治十帖」と呼ばれます。

光源氏亡き後の主な一族の様子が語られます。

第四十二帖「匂宮」では、「幻」から8〜9年後、光源氏亡き後の人々の様子が語られます。光源氏亡き後、その栄華を受け継ぐのは不義の子・薫か、紫の上に愛された匂宮と評判でした。夕霧は右大臣(のちに左大臣)、柏木の弟・紅梅(こうばい)も大納言(のちに右大臣)と順当に出世して栄華を極めていますが、一方でそれぞれの娘の縁談に思い悩んでいました。同様に、男性たちを虜にした玉鬘も、夫亡き後、娘の縁談に苦悩していました。

Q 光源氏の後継者となったのは誰？

A 家は夕霧が継ぎ、栄華の再現は薫か匂宮と目されていたようです。

薫も匂宮も大変美しい貴公子でしたが、薫は女性関係も含めて万事控えめで、匂宮は華やかで女性にも次々と言い寄る色好みな人と、対称的に見られていました。薫は生まれつき体から芳香が漂い、それに対抗して匂宮は調合した香を焚きしめていました。そのため世間では「匂ふ兵部卿、薫る中将」と呼ばれていました。

薫とその周辺の系図

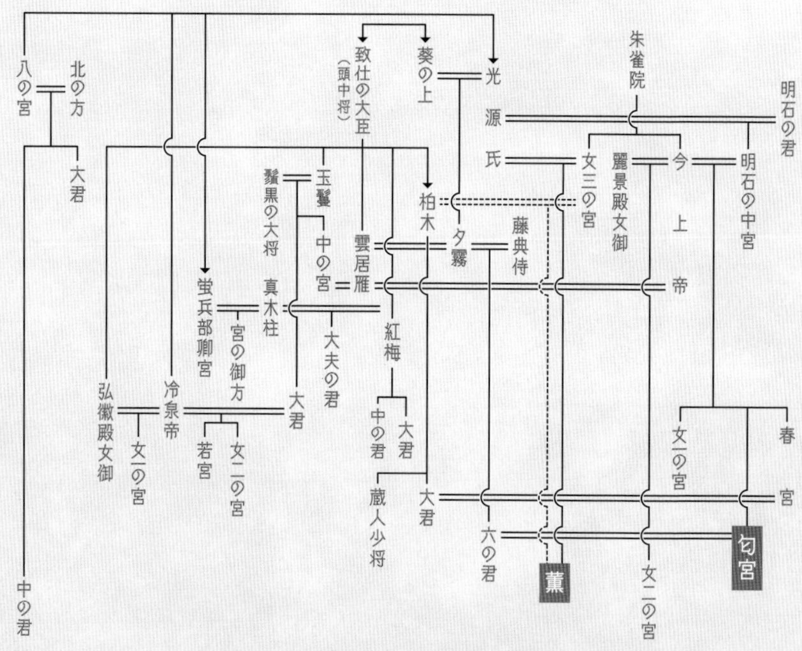

Q2 光源氏没後の六条院の様子を教えて！

A 夕霧の新しい妻と光源氏の孫たちが住んでいます。

光源氏亡き後、花散里や女三の宮が六条院を出たため、夕霧が管理していた六条院は火が消えたようでした。そこで夕霧が新しい妻・落葉の宮を夏の町に住まわせたところ、今上帝の子（明石の中宮の子）らも移り住み、再び活気を取り戻しました。

賭弓の還饗において六条院へ向かう上達部の牛車。（土佐光信『源氏物語画帖』「匂宮」／ハーバード美術館群所蔵）

Q3 光源氏没後の有力者たちの人間関係を教えて！

A 夕霧は薫を弟として庇護し、玉鬘とも親しくやり取りしていました。

夕霧の長女は東宮妃となり、夕霧は末娘の婿に匂宮を迎えたいと考えています。柏木の弟・紅梅は真木柱（鬚黒の前妻の娘）と再婚。紅梅は先妻との間の次女に匂宮を婿として迎えたいものの、匂宮は真木柱の連れ子・宮の御方に関心を寄せています。玉鬘は弟のように親しむ薫（光源氏の子）を婿にできればと考えていましたが、冷泉院と天皇からの要請もあり、娘ふたりをそれぞれに入内させることとなりました。

★COLUMN★

匂宮三帖の謎

雲隠れの後、「匂宮」「紅梅」「竹河」の3帖では、光源氏の死後のその子供たち世代のことが記されています。登場人物に官位の矛盾がみられることなどから、別人が書いたもの、または後世に誰かが付け加えたものではないかともいわれています。

Q 薫の初恋の相手は誰？

宇治十帖のジオラマ

八の宮の娘たちを垣間見する薫。この瞬間から薫の恋が動き始めます。（宇治市源氏物語ミュージアム／京都府宇治市）

A 八の宮の娘・大君でした。

月光の下で琴と琵琶を弾く、大君（おおいぎみ）と中の君姉妹の美しい姿を偶然目にした薫は、大君に真剣に惹かれていきました。

薫の真剣な恋の旅路が、宇治での垣間見で幕を開けます。

多くの人から婿にと望まれていた貴公子の薫と匂宮。厭世観を強める薫は20歳の時、宇治で俗世のまま仏道修行をしている光源氏の異母弟・八の宮と出会い、親交を深めます。それが薫を真剣な恋の道へと促すことになりました。八の宮の娘の大君と中の君の美しい姿を垣間見し、大君に心惹かれたのです。その後、自分の出生の秘密を知って動揺したものの八の宮から娘の後見を頼まれると、八の宮の死後、大君への恋を成就させるべく画策を始めます。

Q1 薫はどんな人生を望んだの？

A 出家しようとしていました。

薫は自身の早すぎる出世や母が早くに出家していることなどから、自分の出生には隠された秘密があるのではないかと思い悩んでいました。そのため厭世観を強め、早く出家したいと考え、宇治の八の宮にあこがれます。結婚するつもりがなく、女性との関係も、かりそめの相手はいても真剣な交際はしてきませんでしたが、大君と出会って心が変わります。

Q2 『源氏物語』に登場する男性たちが、よく覗き見をしているのはなぜ？

A 出会いの手段のひとつだったからです。

家のなかの女性を覗き見ることは「垣間見」と呼ばれ、女性を見初める数少ない機会のひとつでした。『源氏物語』では、光源氏が見初めた紫の上、柏木が見初めた女三の宮、そして薫が見初めた大君など、垣間見をされる女性が多く登場します。ただし、実際には垣間見から始まる恋はそう多くなく、やはりほとんどは噂から始まったようです。

桜を賭け物にして囲碁を打つ玉鬘の娘・大君と中の君の姉妹と、画面右端からそれを垣間見る蔵人少将。(『源氏物語絵巻』「竹河二」／五島美術館所蔵／アフロ)

応神天皇の皇太子で、宇治に邸宅を構えていたといわれる菟道稚郎子を祀る宇治上神社の拝殿。組高欄を巡らせた寝殿造の様式を伝える建物で、国宝に指定されています。

Q3 薫は、どうやって出生の秘密を知ったの？

A 柏木の手紙が入った袋を渡されたためです。

柏木の乳母子で今は八の宮家に仕える弁から柏木の遺書が入った袋を渡されます。そのなかには柏木の女三の宮への未練が書かれた手紙に「幼い人も源氏の子として育つから安心」と書きそえ、「命あらば　それとも見まし人しれぬ　岩根にとめし　松の生いすえ」と、命があれば他人であっても見守られたのにと記されていました。心乱れる薫は母のもとに出向きますが、若々しい姿で読経する母に何も言えませんでした。

★COLUMN★

平安時代の宇治

平安時代、都からの交通の便がよく、風光明媚て美しい宇治には貴族たちが競うようにして別荘を建てました。京都からは陸路のほか、賀茂川を南下し巨椋池を通って行く水路もありました。夕霧が光源氏から受け継いだ宇治の別荘は、源融の別荘地である宇治院がモデルとされており、今は平等院が建てられています。なお、八の宮の屋敷は夕霧の別荘地の対岸に設定されており、匂宮がここで管弦を催したことをきっかけに中の君との交流が生まれました。

宇治公園の喜撰橋と十三重石塔。

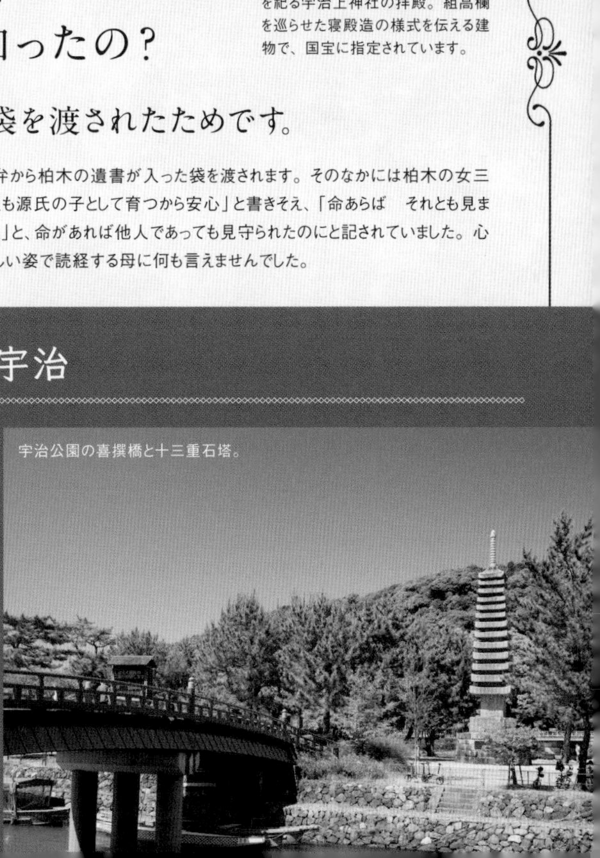

Q 大君との恋を成就させるために、薫はどんな作戦を使ったの？

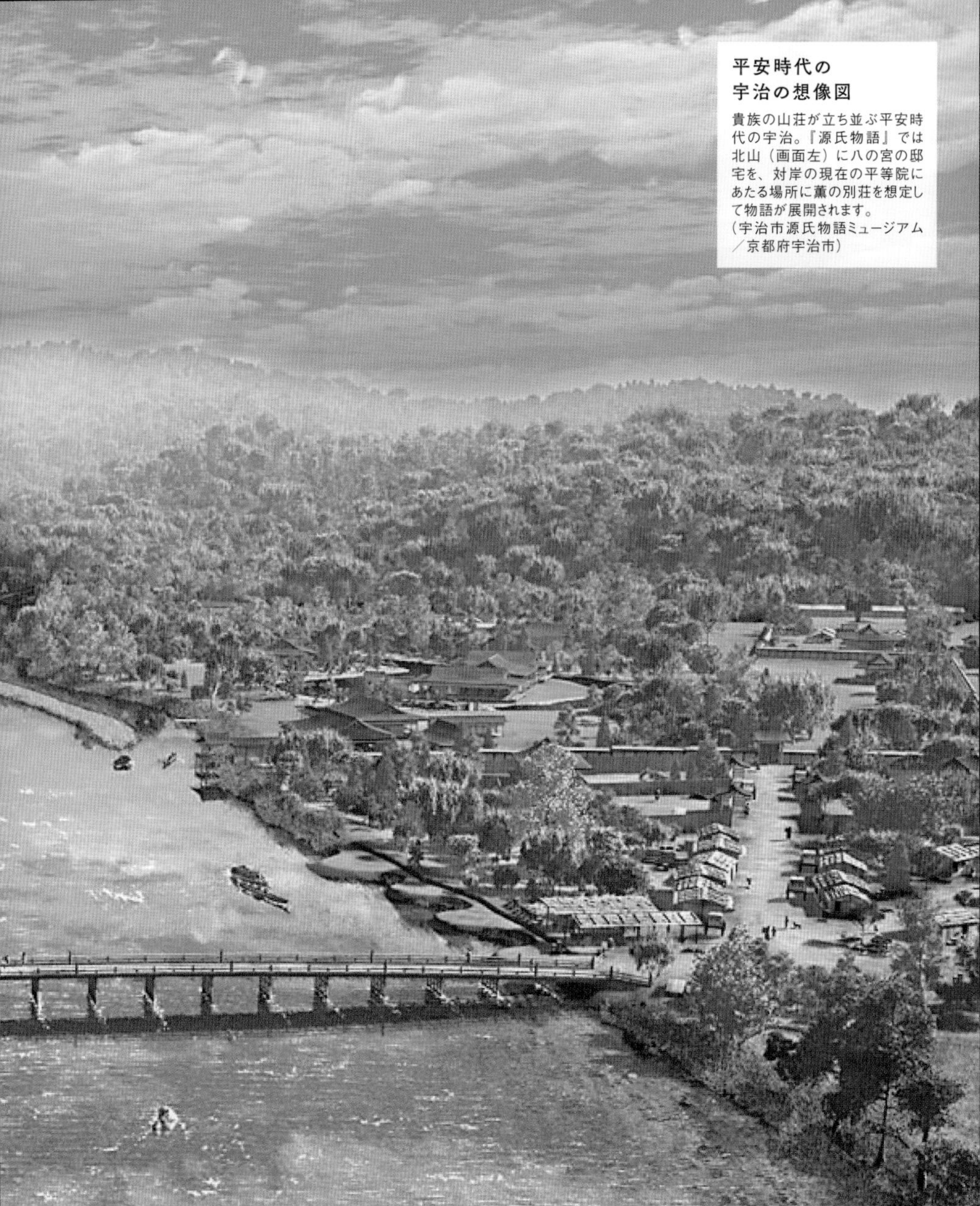

平安時代の宇治の想像図

貴族の山荘が立ち並ぶ平安時代の宇治。『源氏物語』では北山（画面左）に八の宮の邸宅を、対岸の現在の平等院にあたる場所に薫の別荘を想定して物語が展開されます。
（宇治市源氏物語ミュージアム／京都府宇治市）

A 妹を匂宮と結婚させてしまうことでした。

大君が、薫と中の君の結婚を望んだため、薫は大君を自分になびかせようと、匂宮と中の君を結ばせてしまいます。匂宮は中の君に興味があり、紹介してほしいといわれていたため利用したのです。しかしこの勝手な行動が大君を悲しませる結果となり、大君の悲劇へと向かっていきます。

薫と大君の思いはすれ違い、悲劇を引き起こします。

自分の出生の秘密を知って、何かが吹っ切れたのか、薫は大君に求婚をしました。ところが、大君から拒絶され、逆に中の君との結婚を勧められました。そこで薫は、匂宮と中の君を結婚させました。この画策に大君は裏切られたと嘆きます。しかも、結婚後すぐに匂宮の訪れが減ったことで嘆く妹を見るにつけ、その心労で大君は病に倒れ、薫の看病もむなしく亡くなってしまいました。その後、薫は天皇の娘・女二の宮と結婚したものの、大君のことを忘れることができません。そんな薫に、中の君は大君に似た異母妹・浮舟（うきふね）の存在を告げるのでした。

Q1 大君は薫のことを嫌って拒んだの？

A 嫌いだったわけではありません。

大君は薫からの求婚を何度も断り、寝室に忍び込まれても拒絶したり、逃げたりして、かたくなに拒否しています。じつは大君も薫に好意を持ち、信頼していました。しかし、父から「信頼できる人に嫁ぐのでなければ宇治を離れてはいけない」と言い聞かされていた彼女は、独身を通して妹の後見に徹し、妹を信頼できる薫と結婚させたいと考えていたのです。

大君と、匂宮との結婚を控える中の君のもとに、山の阿闍梨から蕨などの山草が届きました。（土佐光信『源氏物語画帖』「早蕨」／ハーバード美術館群所蔵）

都から宇治へ至る経路

Q2 中の君は、その後どうなったの？

A 匂宮の住む二条院へ迎えられました。

大君の死後、中の君は匂宮の母である明石の中宮の許しが出たため、妻として二条院へ入りました。しかし、匂宮が夕霧の美しい娘と結婚して正妻の座を奪われてしまいます。境遇の変化に宇治に帰りたいと嘆きましたが、結局は匂宮の子を産んで落ち着いています。

Q3 大君を失った薫はどうしたの？

A 中の君に迫ります。

中の君が匂宮の妻として二条院へ迎えられる際、その世話をした薫は、いまさらながら中の君を大君の代わりに妻にすればよかったと後悔します。その後、薫は二条院にもたびたび出入りして、ついに中の君の袖をつかみ迫りますが、彼女が懐妊していることに気づき、思いとどまりました。

Q4 薫に迫られた中の君がとった策とは？

A 異母妹の浮舟を紹介することでした。

薫が何度も恋心を訴えてきたため、中の君は匂宮にも薫との仲を疑われてしまいます。困った中の君は薫に大君に生き写しの腹違いの妹がいることを告げました。それが浮舟です。

宇治市源氏物語ミュージアムに大和絵の手法で再現された、都から宇治へ至る陸路。当時の京から宇治へ向かうには陸路のほかに鴨川を下り巨椋池を経由する水路がありました。

Q 薫が浮舟にこだわったのはなぜ？

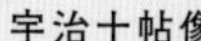

宇治十帖像

朝霞橋のたもとに置かれた宇治十帖像。モデルは浮舟と匂宮です。浮舟は薫のみならず匂宮をも虜にして悲劇へと進んでいきます。（宇治市／アフロ）

A 大君に似た身代わりだからです。

浮舟は大君によく似ており、彼女をひと目見た薫は感激して涙を流しました。彼女をすぐに邸宅に迎えるのは世間体が悪いため、浮舟を車で宇治に連れて行き匿います。その道中、薫は「形見ぞと　見るにつけては朝露の　ところせきまでぬるる袖かな（大君の形見だと思うと袖が朝露にぬれてしまう）」と詠んでいます。

物語の終焉を飾る悲劇のヒロイン、浮舟が登場します。

大君によく似た浮舟のことが気になって仕方のない薫。ついに大君に生き写しの彼女を垣間見て感動し、求婚します。しかし、一方で匂宮も中の君のところにいた浮舟をそうとは知らずに見初めてしまい、浮舟は薫と匂宮の争奪戦に巻き込まれていきます。姿を隠した浮舟を薫は探し出し、宇治の山荘に匿いました。しかし、匂宮も薫が隠している女性が浮舟であることを知り、忍んで行って強引に浮舟と関係を持ってしまいます。

Q ふたりの貴公子を虜にした浮舟ってどんな女性？

A 父からは認知されず、母の再婚先の東国で育った女性です。

浮舟の母の中将の君は、かつて八の宮に仕えて浮舟を生んだものの認知されず、浮舟を連れて東国の受領・常陸介と結婚しました。浮舟は継父から疎まれて育ちましたが、母は良縁を望み、娘を連れて上京。しかし、決まりかけた結婚も彼女が常陸介の実子でないと知られると破談になります。そうしたなかで薫と知り合いますが、一方で姉の中の君のもとにいた時、匂宮にも言い寄られたのです。結果、中の君の元にも居づらくなり、母の考えで姿を隠しました。

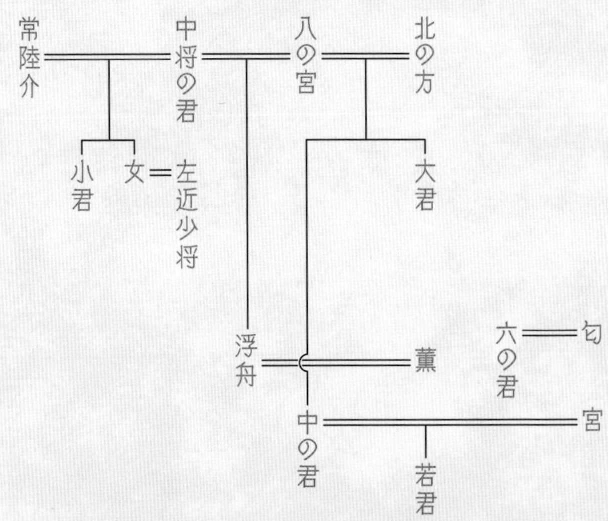

Q2 浮舟への想いを遂げるために匂宮が取った策略って？

A 薫であるとだまして部屋に入り込みました。

皆が寝静まるのを待って、薫の声色を出し、薫だと思わせて屋敷のなかへ入り込み、だます形で浮舟と関係を持ちました。

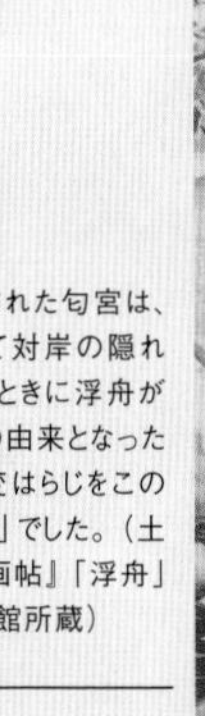

雪のなか、宇治を訪れた匂宮は、浮舟を小舟に乗せて対岸の隠れ家へ渡ります。このときに浮舟が詠んだ歌が、巻名の由来となった「橘の小島の色は変はらじをこの浮舟ぞ行方知られぬ」でした。（土佐光貞『源氏物語画帖』「浮舟」／メトロポリタン美術館所蔵）

Q3 浮舟は匂宮にどんな思いを抱いたの？

A 恋してしまいます。

だまされた形で匂宮と関係をもった浮舟ですが、ふたりで夜の川を渡り、宇治の対岸の小さな家で甘美な2日間を過ごすと、彼の優しくも男らしい、情熱的な愛情に惹かれていきます。一方、雅で美しく、誠実な薫のことも愛しており、その狭間で悩むこととなります。

Q4 匂宮と光源氏の恋愛の違いはなに？

A ただの好色であるところです。

匂宮は、光源氏が空蝉や末摘花を生涯世話したような心配りや、光源氏が傷つけた紫の上との間の修復を図ろうとするような誠実さはなく、いわゆる「あだ花」でした。あれほど執心した浮舟への執着も「薫と中の君が共謀して隠しているのが憎らしい」と述べたように薫への対抗心から燃え上がったものです。そのため浮舟を失ったあと、悲しみはしたもののすぐにほかの女の人に心を移しています。

Q ふたりの貴公子に迫られた浮舟はどちらを選んだの？

朝霧の宇治川

浮舟が入水を決意した朝霧の宇治川の流れ。
（宇治市／アフロ）

板挟みの浮舟は死を決意し、貴公子たちの前から姿を消します。

薫と匂宮の間で板挟みとなった浮舟は、突如姿を消します。彼女が残した辞世の歌から入水自殺したとみなされ、薫と匂宮は衝撃を受けました。薫は立ち直れず、迷走した恋を繰り返します。しかし、彼女はある僧に助けられて生きていました。薫は浮舟らしき女性の噂を聞いて使いを出しますが、人違いと追い返されてしまいます。誰かが彼女を隠しているのではないかと薫が思うところで、『源氏物語』の物語は終わるのです。

Q1 浮舟を失った薫のその後はどうしたの？

A 同じような恋を繰り返しました。

薫が浮舟に求めたのは大君の身代わりであること。浮舟を宇治へ連れていく道中でも、大君と浮舟を比較し続けていたのです。そうした存在を「人形」と言います。さかのぼれば、大君の死後、中の君を求めたのも人形を求めるがゆえでした。薫は憧れの女性を理想化してその身代わりを自分のものとし、憧れとの違いを見出してさらに理想を確認することを繰り返します。浮舟の失踪後、妻の姉・女一の宮に恋した彼は、妻に女一の宮の着物を着せたり、妻をそそのかして女一の宮の手紙を手に入れたりして満足しています。

Q2 僧に助けられた浮舟は、その後、どうなったの？

A 生きながらえて、出家しました。

横川（よかわ）の僧都という僧に助けられ、その妹が手厚く世話をしてくれました。匂宮とのかりそめの恋に溺れたことに後悔しますが、薫と幸せに結婚しても老いさらばえて死んでいくのは同じとむなしさを覚えます。そして横川の僧都に懇願して出家しました。薫から手紙が届き、感極まって涙をこぼしましたが、心当たりはないと突き返します。流される浮舟のような人生でしたが、彼女は出家したことで自らの足で人生を歩み始めたのです。

浮舟は横川の僧都に助けられたのち、小野の里へ移り僧都の母尼と妹尼と暮らしました。（月耕『源氏五十四帖　五十三「手習」』／国立国会図書館所蔵）

Q3 『源氏物語』は「夢浮橋」で完結しているの？

A わかりません。

大団円というかたちではなく、続きがありそうにも思える内容だったため、鎌倉時代などに続編が作られました。

浮舟との面会を拒絶され、小野を下っていく薫一行と、それを眺める浮舟。（土佐光信『源氏物語画帖』「夢浮橋」／ハーバード美術館群所蔵）

★COLUMN★ 横川の僧都のモデルは“地獄博士”!?

横川の僧都は、『源氏物語』が記されたのと同時代に実在した源信（恵心僧都）がモデルとされています。源信は『往生要集』を著したことで知られる天台宗の僧。極楽往生を説く浄土仏教を教えた僧て、のちの僧に大きな影響を与えました。また、『往生要集』では、地獄の世界観が生々しく描かれ、後世の地獄観を確立した人物でもあります。

横川の僧都のモデルとなった源信ゆかりの地である比叡山の横川中堂。

コラム5

平安京内裏跡を探そう！

紫式部の女房生活と『源氏物語』の舞台は、現在は石碑にしのぶのみです。

『源氏物語』の舞台となった平安の内裏、後宮。現在、内裏はいわゆる京都御所にありますが、実は当時の内裏は大きく西に寄っていて、平安京の北辺にあたる上京区田村町、田中町、千本丸太町などの一帯に存在しました。しかし、平安時代を通じて度重なる火災と再建を繰り返したのち、安元３年（1177年）の大火で壊滅的な被害を受けて以来、再建されず、現在は遺構も残されていません。当時の内裏跡には、石碑が立ち、往時の殿舎の跡をしのぶことができるのみとなっています。

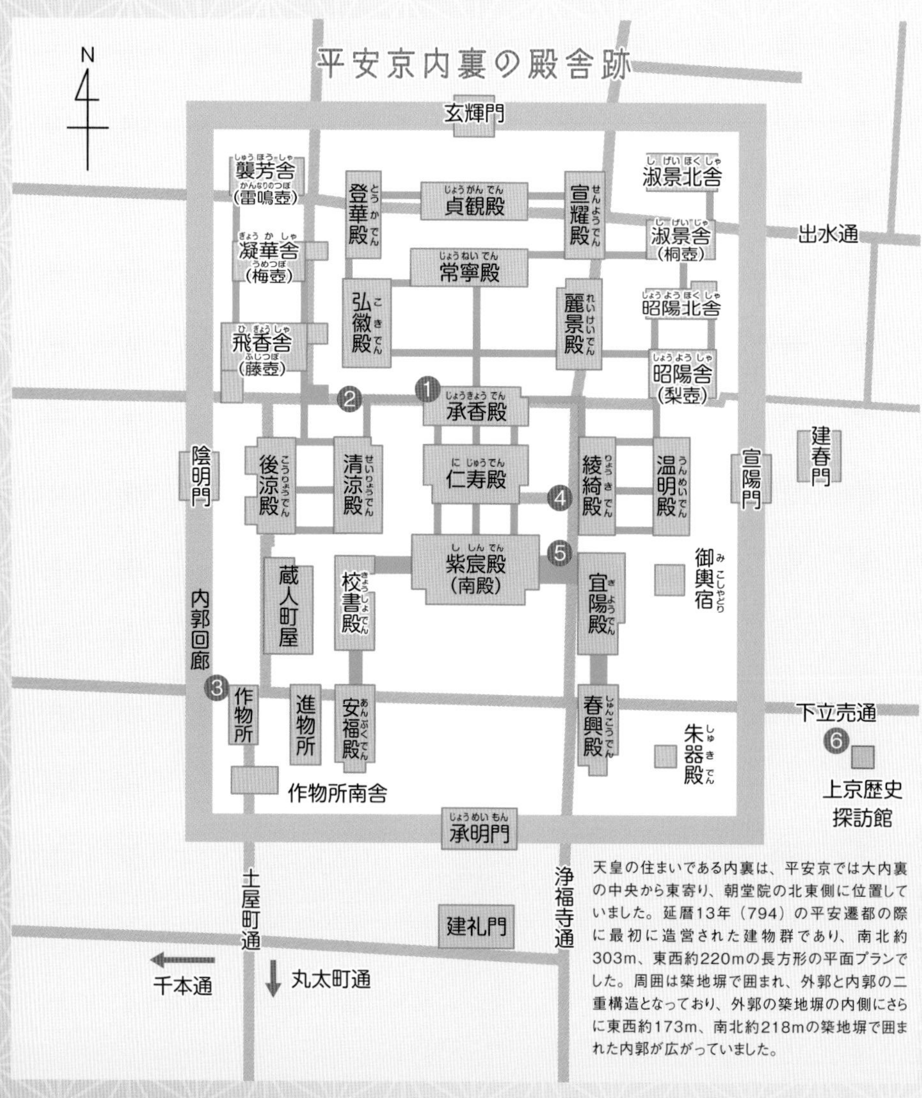

天皇の住まいである内裏は、平安京では大内裏の中央から東寄り、朝堂院の北東側に位置していました。延暦13年（794）の平安遷都の際に最初に造営された建物群であり、南北約303m、東西約220mの長方形の平面プランでした。周囲は築地塀で囲まれ、外郭と内郭の二重構造となっており、外郭の築地塀の内側にさらに東西約173m、南北約218mの築地塀で囲まれた内郭が広がっていました。

❶承香殿跡

仁寿殿に南面して建つ建物。皇后に次ぐ地位にある女御が居住した。

❷弘徽殿跡

清涼殿に近く、中宮など身分の高い后妃の殿舎として利用された。

❸内裏回廊跡

内裏の内郭の周囲を巡る回廊跡。

❹綾綺殿跡

内宴や相撲節会などに使われた殿舎。

❺宜陽殿跡

宝物が納められた殿舎で、『源氏物語』「若菜上」にも言及が見られる。

❻平安宮内裏跡

内裏の説明版が立つ。内裏の中心ではなく東南辺にあたる。

『源氏物語画帖』
「玉鬘」（土佐光吉）

光源氏は玉鬘を六条院へ引き取った翌年の正月、女性たちにそれぞれの個性に合わせた衣装を贈りました。（メトロポリタン美術館所蔵）

Q 光源氏は、なぜ多くの女性の心を捕えることができたの？

『源氏絵鑑帖』
「鈴虫」（伝土佐光則）
夕月夜の日、琵琶を弾く明石の入道とともに琴の琴を奏でて、その腕前を披露する光源氏。（宇治市源氏物語ミュージアム所蔵）

A 女性に対する細やかな心配りを持っていたためです。

気配りの達人で、コミュニケーション能力もかなり高く、末摘花など予想と違った相手にも誠実に向き合い、相手の良いところを見てプライドを尊重しながら口説いています。会ったばかりの空蝉に対し、「前から思っておりました」と相手の心をくすぐるセリフをすらすらと告げるなど、女性を喜ばせるテクニックを心得ていました。

女心を惹きつける 光源氏の恋愛テクニック。

光源氏が多くの女性たちの心を惹きつけた理由は、
天皇の血を引く高貴な身分や容姿の美しさだけではありません。
光源氏は恋愛テクニックにも優れ、
とくに気配り上手で女性たちの心をつかんでいきました。

Q1 光源氏は、女性に対してどんな心配りをしたの？

A 相手の印象に残る演出を忘れませんでした。

手紙に香をたきしめたり、御簾を下ろして拒絶した六条御息所に対しては、御簾の隙間から榊を差し入れて歌を交わし会話の糸口を作ったりと、相手の心をつかむ演出を行ないました。贈り物に関しても、「衣配り」ではそれぞれの女性に似合いそうな衣装を選んでいますが、尼になった空蟬に関しては墨染の衣に添えて自分用の着物も送るなど、相手の心情を思いやった心のこもった贈り物をしています。

『源氏物語画帖　三十二「梅枝」』。明石の姫君の裳着を前に、光源氏は薫物合を催し、高価な薫物を嫁入り道具のひとつとしました。（土佐光信／ハーバード美術館群所蔵）

Q2 ほかにはどんな心配りをしたの？

A 一度、情けを交わした女性は最後まで面倒を見ました。

空蟬や末摘花、花散里などを屋敷に受け入れています。空蟬は結局、尼になってしまいましたが、それでも受け入れ、末摘花に関しては「私が面倒見なければ誰も見てあげないだろう」といって引き取りました。また、六条院を建てた時には侍女たちもすべて受け入れ、彼女たちの部屋についても困らないように差配しています。

Q3 光源氏のおしゃれについても教えて！

A 「桜襲（さくらがさね）」が有名です。

敵方の右大臣の宴に招かれた際、美しい桜襲の衣装で現れた光源氏は鬼神もおとなしくなる美しさと評されました。当時は長着を重ねて着用しており、これを襲といいます。この襲には何種類もの色の組み合わせがあり、光源氏の桜襲が有名です。これは深い紅色の上に白を重ねることで、紅色が透けてまるで桜色のように見える襲でした。

桜襲をまとった光源氏。

Q4 光源氏が得意な芸はなに？

A 琴の名手とされるほか、絵画にも卓越した技量を持っていました。

皇統に連なる人が弾くのにふさわしい楽器とされた琴の琴（きんのこと）のほか、笛や琵琶を優美に奏で、絵画のほかにも漢詩文などにも優れていたといわれています。

光源氏の諸芸

舞

光源氏は桐壺帝の朱雀院行幸を前に、頭中将とともに「青海波」を舞って人々を感動させました。

（月耕『源氏五十四帖　七「紅葉賀」』／国立国会図書館所蔵）

絵画

光源氏は絵合において須磨の絵日記を提出。その画力によって、頭中将との絵合に勝利しました。

（月耕『源氏五十四帖　十七「絵合」』／国立国会図書館所蔵）

薫物合

明石の姫君の入内に合わせて薫物合を開催。薫物にも精通していました。

（月耕『源氏五十四帖　三十二「梅枝」』／国立国会図書館所蔵）

Q 平安貴族は どうやって愛を育んだの？

平安神宮の桜

手紙を送る際に、桜の枝や紅葉の枝など、季節の植物の枝を添えるのも、センスを見せるひとつの方法でした。（京都市左京区）

A 手紙のやり取りです。

恋愛は男性が意中の女性に和歌を記した恋文を送るところから始まりました。女性側は最初、拒むような返事を侍女や両親が代筆するのが一般的で、それでも男性が何度もあきらめず手紙を送るなかで、女性は男性の愛を確かめていきました。その際、和歌の内容や文字の美しさなどの教養のほか、手紙の紙や色、折り方のセンスも互いに確認しました。

高貴な男女の愛情は、手紙で育まれました。

噂を聞きつけて恋をした平安貴族。
その後の恋は手紙が大切なツールとなりました。
お互い顔を知らない段階で、和歌を詠んだ恋文をやり取りし、愛を育みます。
とはいえ、手紙と和歌から相手のセンスを試すため、
趣向を凝らしたやり取りが行なわれました。

Q1 恋人同士の艶めかしいやり取りが残されているの？

A 実はつれない手紙のほうが多いのです。

男性からの手紙は情熱的な和歌で愛を伝えることがポイントです。返事があれば脈あり。それでも、意中の相手からの返事はおおよそつれない内容がほとんどでした。それに対し男性は、当意即妙の返事を書き、センスを女性に対して示さねばなりませんでした。紫式部の場合は、夫となる藤原宣孝からの求愛の手紙に対し、宣孝がほかの女性にも懸想していたことをあげつらい、「みづうみに　友呼ぶ千鳥　ことならば　八十の湊に　声絶えなせそ（近江の湖で友を求めている千鳥よ、いっそのことあちこちの湊で声を絶やさず鳴きなさい／あちこちで女に声をおかけになればいいわ）」と、つれない文面ながらも趣向を凝らした返事を送っています。

紫式部が和歌に詠んだ琵琶湖と湖岸に鎮座する白鬚神社の鳥居。

Q2 空蝉に会うために、小君が手引きをしたのはなぜ？

A 公認の仲ではないためです。

空蝉は人妻ですから堂々と求愛するわけにはいきません。そこで彼女との手紙のやり取りなどを仲立ちする人が必要になります。あるいは彼女の寝室まで導いてくれる人が必要で、侍女を手なづけたり、小君のような兄弟を利用したりしました。

弟の小君を介して光源氏からの手紙を受け取る空蝉。（月耕『源氏五十四帖 二「帚木」』／国立国会図書館所蔵）

Q3 平安貴族の恋する男女は、どこでデートしたの？

A 女性の邸です。

基本は男性が女性の家へ行って逢瀬を楽しみます。ただし、夜暗くなってから裏口から入り、夜が明ける前に帰るのが基本のルール。光源氏が夕顔を廃院に連れ出したり、匂宮が浮舟を対岸の小さな家へ連れ出したりするのは異例です。

花散里を訪ねた光源氏。女性がほとんどひと目にさらされない時代にあって、男女が愛を深めるのは女性の邸宅に限られていました。（土佐光信『源氏物語画帖』「花散里」／ハーバード美術館群所蔵）

Q4 どうしたら結婚が成立したの？

A 3晩続けて女性の家を訪ねると成立しました。

両親の許可を得たのち、3晩連続で女性の家に通うと婚姻関係が成立します。当時は一夫多妻制なので、ほかに妻がいても構いません。3日目には女性の家で「三日夜の餅」が用意され、露顕（ところあらはし）と呼ばれる宴が行なわれました。この餅は新婦側が用意するものですが、光源氏は紫の上を引き取っていたため家臣に用意させました。

紫式部公園の
紫式部像

紫式部は彰子に仕えた女房であり、その教養を生かして彰子の教育係を務めました。
（福井県越前市／アフロ）

Q

皇后や妃たちの生活は誰が支えていたの？

A

後宮に仕える女房たちです。

彼女たちは部屋を与えられていたため、「女房」と呼ばれていました。彼女たちにも身分に応じた位があり、上臈、中臈、下臈とわかれていました。また、それ以外にも「采女」「雑仕」など、雑用をこなしたり、台所で働いたりするなど多くの女性が宮中で働いていました。

妃の教育係たちにより、後宮に文化の華が咲きました。

後宮に暮らす妃たちの生活を支えていたのは、「女房」と呼ばれる女性たちです。
とくに紫式部などは中宮に雇われた女房で、
中宮の話し相手や教育をする家庭教師のような役割を果たしていました。
彼女たちから、女房文学が生まれたのです。

Q1 女房について、もっと教えて！

A じつははしたない仕事と思われていたようです。

平安時代の身分の高い女性たちは、成人すると異性には決して顔を見せないようになります。家のなかにいることが多く、下ろされた御簾で姿が完全に見えないようにしていました。一方の女房は、後宮を訪ねてくる男性貴族の取次ぎを担うこともあって、男性と顔を合わせる機会が多く、はしたない仕事とみなされる風潮があったようです。

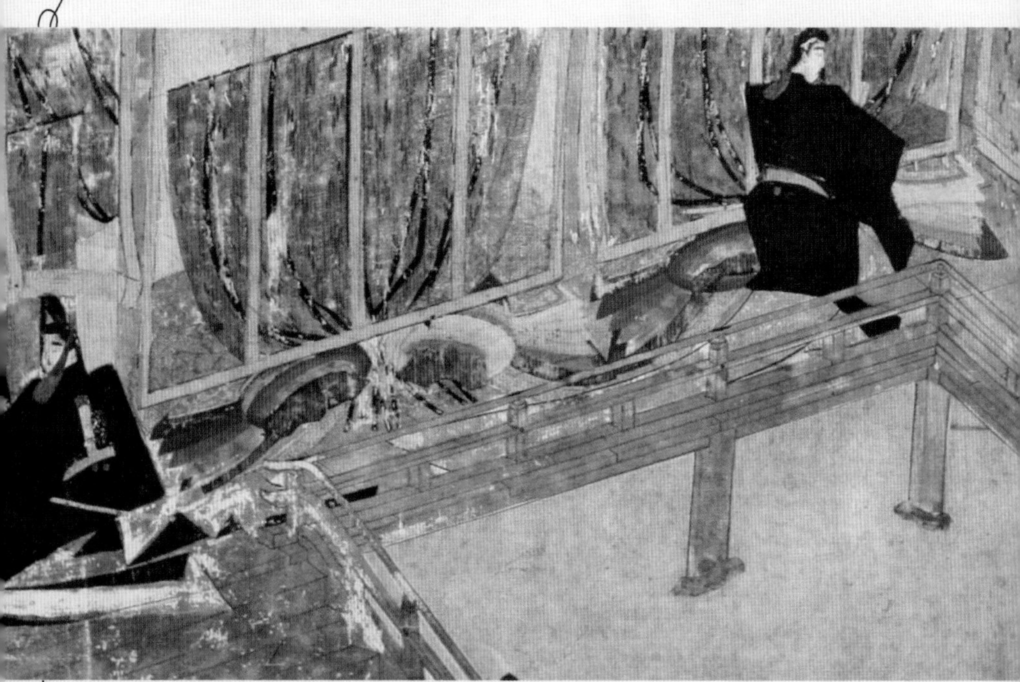

『紫式部日記絵巻』。敦成（あつひら）親王（のちの後一条天皇）の五十日の祝儀、食物を運ぶ貴人を描いています。御簾の間から覗くのが女房たちの装束の袖部分で、さまざまな色を組み合わせた着こなしのセンスを見せています。女房たちは後宮に出入りできた男性貴族と直に顔を合わせる職務でもありました。

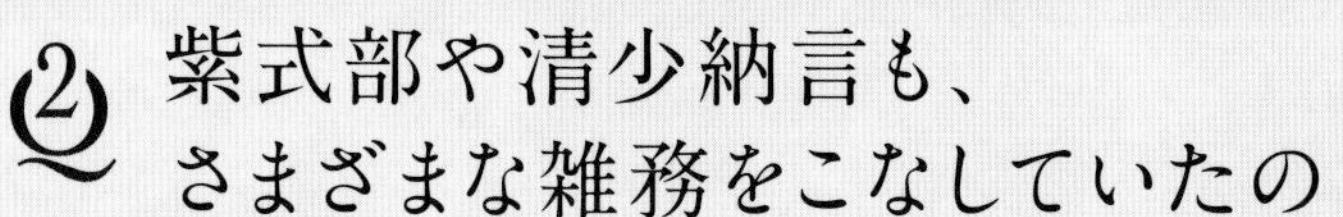

Q2 紫式部や清少納言も、さまざまな雑務をこなしていたの？

A 彼女たちは、私的に雇われた女房でした。

天皇付きの女房を「上の女房」、皇后（中宮）付きの女房を「宮の女房」と呼びました。宮の女房は中宮またはその実家が私的に中宮の教育係として雇った学才のある女性で、話し相手なども務めました。紫式部は、藤原道長の娘で一条天皇の中宮・彰子の教育係として雇われ、漢詩などを教えることもあったようです。

Q3 女房文学が流行ったのはなぜ？

A 妃たちが後宮サロンを形成したからです。

中宮たち妃の実家は、天皇の興味をひくため、妃の周りに学才・教養のある女房たちを集め、中宮の教育のみならず、一種のサロンを形成しました。そのため競って教養のある女性たちが集められました。そうした女性たちによる文学を「女房文学」と呼び、『源氏物語』と清少納言の『枕草子』がその双璧をなしています。

百人一首に登場する後宮の女官たち

清少納言

和泉式部

紫式部

伊勢大輔

小式部内侍

大弐三位

百人一首に和歌が選ばれた紫式部とほぼ同時代の女性たち。和泉式部は彰子に仕えた紫式部の同僚。ほかにも紫式部の同僚に赤染衛門がいます。

Q 紫式部の没後、『源氏物語』はどうなったの？

石山寺参道

『源氏物語』ゆかりの寺・石山寺参道のライトアップ。『源氏物語』を巡る旅はこの寺で終わります。（滋賀県大津市）

A 写本によって流布し、多くのファンを生みました。

『源氏物語』の原本は散逸して現存しませんが、多くの写本が作られ、現代に続くベストセラーとなりました。

ベストセラー『源氏物語』と紫式部のその後。

『源氏物語』は当時からベストセラーで、
読みたいと憧れる少女たちも少なくありませんでした。
ただ、原本は残っておらず、紫式部が書いたままのものではない可能性があります。
ともあれ、鎌倉時代に現在の形に整えられて以降、
世界中の人々を惹きつける後宮文学として、今に伝えられています。

Q1 『源氏物語』はどうやって現在の形にまとめられたの？

A 藤原定家がまとめました。

『源氏物語』は、1015年頃までには完成したとみられています。ただし、書写されて読み継がれたため、さまざまな異本が生まれました。1200年頃、それを藤原定家らがまとめ、鎌倉時代初期には現在に近い54帖の形に定まったとされています。写本として現存する最古の完本は、鎌倉時代の源光行・親行父子による河内本です。写本は大きくこの河内本、定家らの青表紙本、それ以外の別本の3系統に分かれています。

『源氏物語』54帖が成立するまで

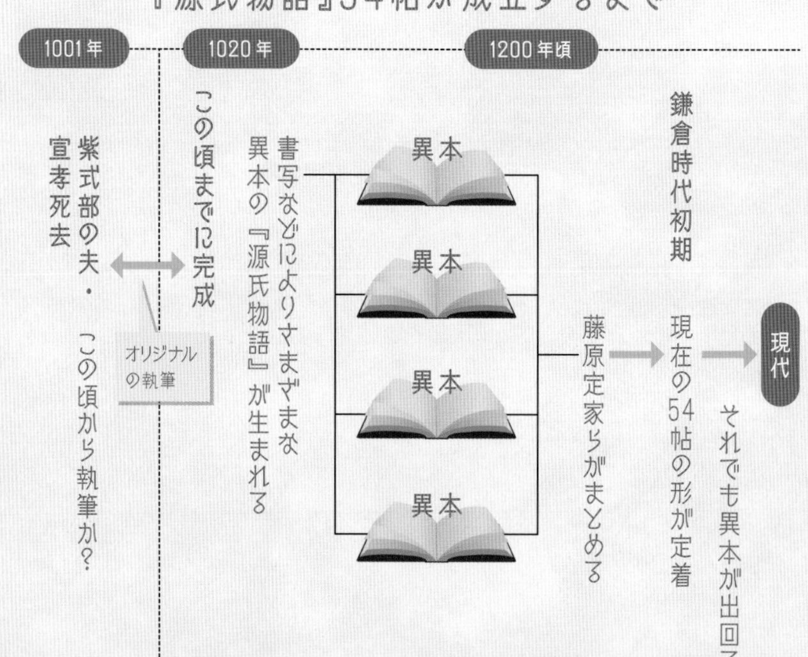

Q2 紫式部は没後、どう評価されたの？

A 地獄に落ちたとされる一方、観音菩薩の化身とされました。

平安末期の『宝物集』に、紫式部は偽りの物語を作った罪で地獄に落ちて苦しんでいるので、1日で写経を完成させて菩提を弔ったという話が出ていたようです。当時、文学で名をはせた女性が落魄して地獄に落ちるという話はよく出回りました。逆に鎌倉時代の『今鏡』には、こんな素晴らしい物語を描いた紫式部は観音の化身ではないかと思うという話があり、『源氏供養』という能楽作品では紫式部が観音菩薩の化身であったことが明らかにされています。

石山寺の紫式部像。

Q3 『源氏物語』の影響を強く受けた人を教えて！

A 『更級日記』で知られる菅原孝標女（すがわらのたかすえのむすめ）が有名です。

幼いころから家族から聞く『源氏物語』の話に夢中になり、読みたいと思ったものの父の仕事の都合で地方にいたため手に入りません。帰京後、全巻を読みたいと念じていたところ、叔母から全巻を送られ、昼も夜も夢中になって読みふけり、自分も夕顔や浮舟のようなヒロインになりたいと思い描いていました。

★COLUMN★

『源氏絵』

源氏絵とは『源氏物語』を題材にして描かれた絵のことです。当時から人気の高かった『源氏物語』は、すでに100年後には源氏絵が作られていた記録が残されています。現存する最古の源氏絵は12世紀頃の制作とされる『源氏物語絵巻』で、絵とその絵を説明する詞書で構成され、国宝に指定されています。

『源氏物語』が世界中で愛されていることを示す作品です。（『源氏物語図屏風』／シカゴ美術館）

★吉海直人(よしかい・なおと)

1953年、長崎県生まれ。國學院大學大学院博士後期課程終了。博士（文学）。国文学研究資料館助手を経て、同志社女子大学表象文化学部特任教授。専攻は平安朝文学及び和歌文学。著書に『「垣間見」る『源氏物語』』『『源氏物語』「後朝の別れ」を読む 音と香りにみちびかれて』（笠間書院）、『百人一首で読み解く平安時代』『新島八重 愛と闘いの生涯』『古典歳時記』（角川選書）、『百人一首の正体』（角川ソフィア文庫）などがある。

★主な参考文献 （順不同）

・『新編日本古典文学全集　源氏物語（全6冊）』阿部秋生・秋山虔・今井源衛・ 鈴木日出男 校訂・訳（小学館）
・『源氏物語　付現代語訳（角川ソフィア文庫）』（全10冊）玉上琢弥 訳注（KADOKAWA）
・『源氏物語図典』秋山虔・小町谷照彦（小学館）
・『源氏物語事典』林田孝和、植田恭代、竹内正彦、原岡文子、針本正行、吉井美弥子編（大和書房）
・『源氏物語を知る事典』西沢正史（東京堂出版）
・『源氏物語の和歌』高野晴代（笠間書院）
・『王朝生活の基礎知識―王朝のなかの女性たち』川村裕子（KADOKAWA）
・『【ビジュアルワイド】平安大事典― 図解でわかる「源氏物語」の世界』倉田実編（朝日新聞出版）
・『紫式部日記　（角川ソフィア文庫―ビギナーズ・クラシックス）』紫式部、山本淳子（KADOKAWA）
・『源氏物語の時代――条天皇と后たちのものがたり』山本淳子（朝日新聞出版）
・『日本の歴史06道長と宮廷社会』大津透（講談社）
・『源氏物語入門　〈桐壺巻〉を読む（角川ソフィア文庫）』吉海直人（KADOKAWA）
・『源氏物語の乳母学―乳母のいる風景を読む』吉海直人（世界思想社）
・『『源氏物語』「後朝の別れ」を読む　音と香りにみちびかれて』吉海直人（笠間書院）

三千院—石灯籠とわらべ地蔵（京都市左京区）

常寂光寺の紅葉（京都市右京区）

世界でいちばん素敵な

源氏物語の教室

2023年11月1日　第1刷発行

監修	吉海直人
編集	ロム・インターナショナル
写真協力	アフロ、Adobe Stock、Pixta、石山寺、斎宮歴史博物館、宇治市源氏物語ミュージアム
装丁	公平恵美
本文DTP	株式会社スパロウ
発行人	塩見正孝
編集人	神浦高志
販売営業	小川仙丈 中村崇 神浦絢子
印刷・製本	図書印刷株式会社
発行	株式会社三才ブックス

〒101-0041
東京都千代田区神田須田町2-6-5
OS,85ビル3F
TEL：03-3255-7995
FAX：03-5298-3520
http：//www.sansaibooks.co.jp/
mail：info@sansaibooks.co.jp
facebook　https：//www.facebook.com/yozora.kyoshitsu/
X(旧Twitter)　https：//twitter.com/hoshi_kyoshitsu
Instagram　https：//www.instagram.com/suteki_na_kyoshitsu/